La chica que amaba a Tom Gordon

Stephen King

La chica que amaba a Tom Gordon

Traducción de
Eduardo G. Murillo

CÍRCULO de LECTORES

Para mi hijo Owen,
que ha terminado enseñándome más
sobre béisbol de lo que yo le había enseñado

JUNIO DE 1998

ANTES DEL PARTIDO

El mundo tenía dientes y podía morderte en cualquier momento. Trisha McFarland lo descubrió cuando tenía nueve años de edad. A las diez de una mañana de principios de junio estaba sentada en el asiento trasero del Dodge Caravan de su madre, vestida con su sudadera azul de entrenamiento de bateo de los Red Sox (el que llevaba 36 GORDON estampado en la espalda), y jugaba con *Mona*, su muñeca. A las diez y media se había perdido en el bosque. A las once intentaba contener su terror, no pensar: Esto va en serio, esto va muy en serio. Intentaba no pensar que, en ocasiones, cuando la gente se perdía en el bosque salía gravemente perjudicada. A veces incluso moría.

Y todo porque necesitaba mear, pensó... aunque tampoco lo necesitaba con tanta urgencia, y en cualquier caso habría podido pedir a mamá y a Pete que esperaran un minuto en el sendero, mientras hacía sus necesidades detrás de un árbol. Se estaban peleando una vez más, menuda sorpresa, y por eso se había quedado un poco rezagada, sin decir nada. Por eso se había alejado del sendero y ocultado tras unos arbustos altos. Necesitaba un respiro, así de sencillo. Estaba harta de oírles discutir, harta de fingir alegría y optimismo, a punto de gritar a su madre: «¡Deja que se vaya! Si tantas ganas tiene de volver a Malden y vivir con papá, ¿por qué no le dejas? Si tuviera permiso, conduciría yo misma, aunque sólo fuera para conseguir un poco de paz y tranquilidad». Y después, ¿qué? ¿Qué diría su madre? ¿Qué expresión aparecería en su cara? ¿Y en la de Pete? Era mayor, estaba a punto de cumplir catorce años, y no era estúpido. ¿Por qué era tan cazurro? ¿Por qué no lo dejaba correr? «Corta el rollo», era lo que quería decirle (a los dos, en realidad), «cortad el rollo».

El divorcio se había sentenciado un año antes, y su madre había conseguido la custodia. Pete había protestado largo y tendido cuando se trasladaron desde las afueras de Boston al sur de Maine. En parte porque quería quedarse con papá, y ése era el argumento que siempre utilizaba para influir en mamá (algún instinto certero le decía que era lo más efectivo), pero Trisha sabía que no era el único motivo, ni siquiera el más importante. El verdadero motivo era que Pete odiaba el instituto de Sanford.

En Malden se lo había montado muy bien. Se había erigido en líder del club de informática, como si fuera su reino particular. Tenía amigos... chiflados de los ordenadores, sí, pero formaron un grupo compacto y los chicos malos no les molestaban. En el instituto de Sanford no había club de informática, y sólo había hecho un único amigo, Eddie Raynburn. En enero, Eddie se mudó, víctima también de una ruptura familiar. Eso convirtió a Pete en un solitario, juguete de cualquiera. Peor aún, muchos chicos se reían de él. Le habían adjudicado un mote que detestaba: CompuMundo.

Casi todos los fines de semana, cuando Pete y ella no iban a Malden con su padre, su madre los sacaba de excursión. Se dedicaba a ello en cuerpo y alma, y si bien Trisha deseaba con todo su corazón que mamá se dejara de tonterías (las peores peleas tenían lugar durante estas salidas), sabía que no ocurriría. Quilla Andersen (había recuperado su apellido de soltera, y Pete no lo soportaba) poseía el coraje de sus convicciones. En una ocasión, durante un fin de semana en la casa de Malden con papá, había oído a su padre hablar con el abuelo paterno por teléfono: «Si Quilla hubiera estado en Little Big Horn, los indios habrían sido derrotados», dijo, y aunque a Trisha no le gustaba que papá hablara así de mamá (le parecía infantil y desleal), no pudo negar que aquella observación contenía cierta verdad.

Durante los últimos seis meses, a medida que la relación entre mamá y Pete se deterioraba, les había llevado al Museo del Automóvil de Wiscasset, al Shaker Village de Gray, al Plant-A-Torium de Nueva Inglaterra, en North Wyndham, a la Six-Gun-City de Randolph, en New Hampshire, a una bajada en canoa por el río Saco, y a esquiar a Sugarloaf (donde Trisha se había dislocado el tobillo, un accidente que había provocado una seria trifulca entre sus padres. Qué divertido era divorciarse, era fantástico).

A veces, si el sitio le gustaba, Pete dejaba en paz a su madre. Había declarado Six-Gun-City «para bebés», pero mamá le había permitido pasar casi toda la visita en la sala de los juegos electrónicos, y Pete había vuelto a casa, si no contento, al menos en silencio. Por otra parte, si a Pete no le gustaba uno de los lugares que mamá elegía (el más detestado había sido el Plant-A-Torium; aquel día había vuelto a Sanford hecho un basilisco), proclamaba su opinión sin ambages. Seguir la corriente con el fin de evitar discusiones no era su especialidad. Ni la de su madre, suponía Trisha. Consideraba que era una excelente filosofía, pero todo el mundo la miraba y anunciaba que era igualita a su padre. A veces eso la molestaba, pero casi siempre le gustaba.

A Trisha le daba igual adónde iban los sábados, y se habría contentado con una dieta regular de parques de atracciones y pistas de minigolf, tan sólo porque reducían la cantidad de discusiones, cada vez más horripilantes. Sin embargo, a mamá le gustaba que las salidas fueran, para colmo, instructivas, de ahí el Plant-A-Torium y el Shaker Village. Como si no tuviera suficientes problemas, Pete no soportaba que los sábados le metieran más educación por un embudo, cuando habría preferido quedarse en su habitación jugando con su Mac. En una o dos ocasiones había dado su opinión («¡Esto es una mierda!», en resumidas cuentas), con tal sinceridad que mamá le había enviado de vuelta al coche y ordenado que se quedara allí, hasta que Trisha y ella volvieran.

Trisha tenía ganas de decirle a su madre que hacía mal en tratarle como a un niño de teta necesitado de un descanso, que un día volverían y encontrarían la furgoneta vacía, después de que Pete hubiera decidido volver en autostop a Massachusetts, pero no dijo nada, por supuesto. Las salidas de los sábados eran una equivocación, pero mamá nunca lo aceptaría. Al término de algunas, Quilla Andersen parecía cinco años más vieja, como mínimo, con profundas arrugas en las comisuras de la boca y una mano siempre tocándose la sien, como si padeciera jaqueca... pero nunca se rendiría. Trisha lo sabía. Tal vez si su madre hubiera estado en Little Big Horn, los indios habrían ganado también, pero sus bajas habrían sido mucho más considerables.

La salida de este fin de semana era a un pueblo situado en la parte oeste del estado. La Senda de los Apalaches serpenteaba a través de la zona, en su camino hasta New Hampshire. Mamá, sentada a la mesa de la cocina la noche anterior, les había enseñado las fotos de un folleto. La mayoría mostraban a felices excursionistas caminando por una pista forestal o de pie ante grandiosas panorámicas, protegiéndose los ojos y contemplando, al otro lado de grandes valles boscosos, los picos erosionados por el tiempo, pero todavía impresionantes, de las White Mountains centrales.

Pete estaba sentado a la mesa, con una expresión de mortal aburrimiento, y se negó a dedicar al folleto más de una mirada de soslayo. Por su parte, mamá había rehusado caer en la cuenta de su evidente falta de interés. Trisha, como era su costumbre cada vez más acentuada, se mostró de lo más entusiasmada. Cada vez recordaba más a una participante en un concurso televisivo, casi a punto de mearse en las bragas ante la perspectiva de ganar una batería de cocina para cocción sin agua. ¿Y cómo se sentía últimamente? Como cola utilizada para pegar dos fragmentos de algo roto. Cola débil.

Quilla había dado vuelta al folleto. En la parte posterior había un plano. Dio golpecitos sobre una línea azul serpenteante.

—Ésta es la carretera 68 —dijo—. Dejaremos el coche aquí, en el aparcamiento. —Indicó un cuadradito azul. Recorrió con la uña otra línea roja serpenteante—. Ésta es la Senda de los Apalaches, entre la 68 y la 302, en North Conway, New Hampshire. Sólo son nueve kilómetros, señalados como «moderados». Bien... Esta pequeña sección de la mitad está descrita como «moderada-difícil», pero no será necesario llevar material de escalada.

Indicó otro cuadradito azul. Pete miraba en dirección contraria, con la cabeza apoyada en una mano. La presión que ejercía su palma desfiguraba su boca, hasta el punto de imitar una mueca. Aquel año había empezado a desarrollar acné, y una colonia nueva cubría su frente. Trisha le quería, pero a veces (por ejemplo anoche, sentados a la mesa de la cocina, mientras mamá explicaba la ruta) también le odiaba. Tuvo ganas de decirle que dejara de ser un cobardica, porque así terminabas cuando escondías la cabeza como los avestruces, como decía papá. Pete quería regresar a Malden con su rabito adolescente entre las piernas porque era un cobardica. Pasaba de mamá, pasaba de Trisha, hasta pasaba de que estar con papá le beneficiara a la larga. Lo que de veras preocupaba a Pete era no tener a nadie con quien comer en las graderías del estadio. Lo que preocupaba a Pete era que alguien gritara siempre, cuando entraba en el aula después del primer aviso del timbre: «¡Eh, CompuMundo! ¿Cómo te ha ido, ermitaño?».

—Éste es el aparcamiento del que saldremos —había dicho mamá, sin darse cuenta de que Pete no estaba mirando el plano, o al menos lo fingía—. Una camioneta aparece a eso de las tres. Nos trasladará de vuelta al coche. Dos horas después llegaremos a casa, y os llevaré al cine si no estáis demasiado cansados. ¿Qué os parece?

Pete no había dicho nada anoche, pero habló bastante por la mañana, empezando con el desplazamiento desde Sanford. No quería hacerlo, le parecía una estupidez, además había oído que llovería más tarde, por qué debían pasar todo un sábado triscando por los bosques en la peor época del año en cuestión de insectos, qué pasaría si Trisha se metía entre zumaques venenosos (como si le importara), y así sucesivamente. Bla bla bla. Hasta tuvo la desfachatez de decir que quería quedarse en casa para estudiar, en vistas a los exámenes finales. Pete jamás había estudiado un sábado en toda su vida, por lo que Trisha sabía. Al principio mamá no reaccionó, pero al final empezó a mosquearse. Pete siempre conseguía sacarla de quicio, al final. Cuando llegaron al pequeño aparcamiento polvoriento de la carretera 68, los nudillos de mamá se habían puesto blancos debido a la fuerza con que aferraba el volante, y hablaba en un tono crispado que Trisha conocía muy bien. Mamá estaba a punto de estallar. Daba la impresión de que el paseo de nueve kilómetros por los bosques del oeste de Maine iba a resultar excesivamente largo.

Al principio Trisha intentó distraerles: expresó su admiración por los establos, los caballos que pastaban y los pintorescos cementerios, con su mejor tono de concursante televisiva, pero no le hicieron caso, y al cabo de un rato se quedó callada en el asiento trasero con *Mona* sobre su regazo (a su padre le gustaba llamarla *Mona Moanie Balogna*) y la mochila al lado, mientras les oía discutir y se preguntaba si empezaría a chillar o enloquecería. ¿Las continuas trifulcas de la familia podían enloquecerte? Cuando su madre empezaba a masajearse las sienes no era porque tuviera jaqueca, sino porque intentaba evitar que su cerebro padeciera una combustión espontánea, una descompresión explosiva o algo por el estilo.

Para escapar de ellos, Trisha abrió la puerta de su fantasía favorita. Se quitó la gorra de los Red Sox y contempló la firma escrita sobre la visera con enérgicos trazos negros. Eso la ayudaría a recuperar el buen humor. Era la firma de Tom Gordon. A Pete le gustaba Mo Vaughn, y su madre tenía debilidad por Nomar Garciaparra, pero Tom Gordon era el jugador de los Red Sox favorito de Trisha y su padre. Tom Gordon era el cerrador de los Red Sox. Salía en la octava o novena entrada, cuando el resultado era reñido pero los Sox todavía ganaban. Su padre admiraba a Gordon porque daba la impresión de que nunca perdía la serenidad («Flash tiene agua helada en las venas», solía decir Larry McFarland), y Trisha siempre decía lo mismo. Sólo había dicho algo más a *Moanie Balogna* y (una vez) a su amiga del alma, Pepsi Robichaud. Confesó a Pepsi que consideraba a Tom Gordon «muy guapo». En cuanto a *Mona*, echó toda precaución por la borda, y afirmó que el número 36 era el hombre más apuesto que había visto en su vida, y que si alguna vez la tocaba, se desmayaría. Si alguna vez la besaba, aunque fuera en la mejilla, seguramente se moriría.

Ahora, mientras su madre y su hermano se peleaban en el asiento delantero (por la excursión, por el instituto de Sanford, por su vida trastornada), Trisha miró la gorra firmada que su padre le había comprado en marzo, justo antes de que empezara la temporada, y pensó lo siguiente:

Estoy en Sanford Park, cruzando el parque en dirección a casa de Pepsi, en un día normal. Hay un tipo muy alto parado delante del puesto de perritos calientes. Viste tejanos y una camiseta blanca, y lleva una cadena de oro alrededor del cuello. Me da la espalda, pero veo la cadena centellear al sol. Entonces se vuelve y veo... Oh, no puedo creerlo, pero es cierto, es él, es Tom Gordon, ignoro qué hace en Sanford, pero es él, sin la menor duda, y vaya ojos, como cuando espera la señal de entrar en acción, esos mismos ojos, y sonríe y dice que se ha extraviado, pregunta si conozco un pueblo llamado North Berwick, si sé indicarle el camino, y hay que ver cómo tiemblo, no seré capaz de decir ni una palabra, abriré la boca y no saldrá nada, apenas un graznido, lo que papá llama pedo de ratón, pero sé que cuando lo intento puedo hablar, hasta parezco normal, y digo...

Yo digo, él dice, yo digo, él dice. Piensa en cómo hablarían mientras la pelea prosigue en el asiento delantero del Caravan (a veces, había decidido Trisha, el silencio era la mayor bendición de la vida). Estaba contemplando fijamente la firma de la gorra, cuando mamá entró en el aparcamiento («Trish se ha largado a su mundo», decía su padre), ignorante de que había dientes escondidos en la textura normal de las cosas, pero pronto lo sabría. Estaba en Sanford, no en el TR-90. Estaba en el parque del pueblo, no en un punto de entrada a la Senda de los Apalaches. Estaba con Tom Gordon, el número 36, que iba a invitarla a un perrito caliente por haberle indicado la dirección de North Berwick.

¡Oh, qué dicha!

PRIMERA ENTRADA

Mamá y Pete se tomaron un breve descanso mientras sacaban de la camioneta las mochilas y la cesta de mimbre que Quilla utilizaba para recoger plantas. Pete hasta ayudó a Trisha a ponerse la mochila a la espalda, para lo cual ciñó una de las correas, y la niña albergó la loca esperanza de que, a partir de ese momento, las cosas se arreglarían.

—¿Habéis cogido vuestros capotes? —preguntó mamá, mientras oteaba el cielo. Continuaba azul, pero se estaban formando nubes hacia el oeste. Era muy probable que lloviera, pero tal vez Pete no tuviera la oportunidad de lloriquear por haberse empapado.

—¡Tengo el mío, mamá! —gorjeó Trisha con su voz más melosa.

Pete gruñó algo que tal vez quería decir sí.

—¿La comida?

Asentimiento por parte de Trisha. Otro gruñido hosco por parte de Pete.

—Estupendo, porque no pienso compartir la mía.

Cerró con llave la furgoneta, y después les condujo hasta un letrero que rezaba SENDA OESTE, con una flecha debajo. Había una docena de coches en el aparcamiento, todos con matrícula de otros estados, a excepción del suyo.

—¿Repelente de insectos? —preguntó mamá mientras se dirigían hacia la senda—. ¿Trish?

—¡Lo llevo! —gorjeó la niña, no del todo segura, pero no quiso detenerse dando la espalda, por si a mamá se le ocurría comprobarlo. Eso desataría las iras de Pete. Si continuaban caminando quizá vería algo que le interesara, o al menos que le distrajera. Un mapache. Quizá un ciervo. Un dinosaurio sería estupendo. Trisha lanzó una risita.

—¿De qué te ríes? —preguntó mamá.

—Cosas mías —contestó Trisha, y Quilla frunció el ceño.

«Cosas mías» era una expresión típica de Larry McFarland. Que frunza el ceño, pensó Trisha. Que frunza el ceño todo lo que quiera. Estoy con ella, y yo no me quejo como ese cascarrabias, pero es mi papá y le quiero.

Trisha tocó el ala de su gorra firmada, como para demostrarlo.

—Bien, chicos, vamos —dijo Quilla—. Llevad los ojos bien abiertos.

—Odio esto —casi gruñó Pete.

Era la primera cosa articulada con claridad que decía desde que había salido de la furgoneta, y Trisha pensó: Dios, por favor, envía algo. Un ciervo, un dinosaurio o un ovni. Porque si no lo haces, se engancharán de nuevo.

Dios no envió más que unos cuantos mosquitos exploradores, que sin duda informaron al ejército principal de que había carne fresca en perspectiva, y cuando pasaron ante un letrero de NO. CONWAY STATION 8 KILÓMETROS, los dos se habían enzarzado de nuevo, sin hacer caso del bosque, sin hacer caso de ella, sin hacer caso de nada, excepto de ellos dos. Bla bla bla. Era como una mala representación de aficionados, pensó Trisha.

También era una pena, porque se estaban perdiendo muchas cosas estupendas. El olor dulce y resinoso de los pinos, por ejemplo, y la forma en que las nubes parecían acercarse, menos como nubes que como manchas de humo blancogrisáceas. Sospechó que era preciso ser un adulto para calificar de aburrido ir de excursión, pero no estaba nada mal. Ignoraba si toda la Senda de los Apalaches estaba tan bien cuidada como ese tramo (probablemente no), pero en caso afirmativo, comprendía por qué gente sin nada mejor que hacer decidía caminar tantos kilómetros por ella. Trisha pensó que era como pasear por una amplia avenida serpenteante a través del bosque. No estaba pavimentada, por supuesto, y era muy empinada, pero se caminaba con facilidad. Hasta había una pequeña cabaña, con una bomba de agua dentro y un letrero que anunciaba: ANÁLISIS DE AGUA POSITIVOS PARA SU CONSUMO. ROGAMOS LLENEN LA JARRA PARA LA SIGUIENTE PERSONA.

Llevaba una botella con agua en la mochila (grande, con un tapón a presión), pero de repente Trisha deseó accionar la bomba de la pequeña cabaña y beber agua pura y fresca de su grifo oxidado. Bebería y fingiría que era Bilbo Baggins, camino de las Smoky Mountains.

—Mamá —dijo desde detrás—, ¿podemos pararnos para...?

—Hacer amigos es un trabajo, Pete —estaba diciendo su madre. No miró a Trisha—. No puedes sentarte a esperar que los chicos vengan a ti.

—Mamá, Pete, ¿podéis parar un momento para...?

—No lo entiendes —replicó él con furia—. No tienes ni idea. No sé cómo iba el rollo cuando estabas en el instituto, pero las cosas son muy diferentes ahora.

—Pete, mamá. ¿Mamá? Hay una bomba de agua...

De hecho, *había* una bomba de agua. Era la forma gramaticalmente correcta de decirlo, porque habían dejado la bomba a su espalda y cada vez se estaban alejando más.

—Eso no lo acepto —contestó mamá, muy en su papel.

Trisha pensó: No me extraña que le ponga a cien. Y luego, con resentimiento: Ni siquiera saben que estoy aquí. La Niña Invisible, eso es lo que soy. Para el caso, es como si me hubiera quedado en casa. Un mosquito zumbó en su oído y le lanzó un manotazo, irritada.

Llegaron a una bifurcación. La rama principal, que ya no era tan ancha como una avenida, pero no estaba mal pese a todo, se alejaba a la izquierda, señalizada mediante un letrero que anunciaba NO. CONWAY 9. La otra rama, más pequeña y cubierta de maleza, anunciaba KEZAR NOTCH 15.

—Tíos, he de mear —dijo la Niña Invisible, y ninguno de los dos le hizo caso, por supuesto.

Se habían adentrado en el ramal que conducía a North Conway. Caminaban codo con codo como amantes y se miraban como amantes y discutían como los peores enemigos del mundo. Tendríamos que habernos quedado en casa, pensó Trisha. Habrían podido discutir en casa, y yo habría leído un libro. Quizá *El Hobbit* otra vez, una historia sobre gente aficionada a pasear por el bosque.

—A quién le importa que me esté meando —dijo con semblante hosco, y avanzó unos metros por el ramal de KEZAR NOTCH.

Los pinos, que se habían mantenido apartados de la senda principal, se apelotonaban, alargaban sus ramas negroazuladas, y también había maleza, mucha. Buscó las hojas relucientes que anunciaban zumaque venenoso, pero no vio ninguna... Gracias a Dios por esos pequeños favores. Un par de años antes, cuando la vida era más sencilla y feliz, su madre le había enseñado fotografías de dichas plantas para que pudiera identificarlas. En aquellos tiempos, Trisha iba a pasear por el bosque con su madre muy a menudo (las quejas más amargas de Pete acerca de la excursión al Plant-A-Torium se centraban en que su madre quería ir. La evidente verdad de esto le había impedido comprender su egoísmo, y durante todo el día había dado la paliza al respecto).

Durante uno de los paseos, mamá también le había enseñado cómo mean las chicas en el bosque. Empezó diciendo: «Lo más importante, tal vez lo único importante, es no hacerlo en una zona de zumaque venenoso. Ahora, observa. Mírame y hazlo como yo».

Trisha miró en ambas direcciones, no vio a nadie y decidió salir del ramal. El camino a Kezar Notch no parecía muy frecuentado (era poco más que un callejón en comparación con la amplia arteria del camino principal), pero no quería acuclillarse en mitad de él. Se le antojaba indecoroso.

Se apartó del sendero en dirección a la bifurcación de North Conway, y todavía les oyó discutir. Más tarde, cuando se había extraviado del todo y no quería creer que podía morir en pleno bosque, Trisha recordó la última frase que había oído en el claro. La voz indignada y ofendida de su hermano: «¡No sé por qué hemos de pagar por vuestras equivocaciones!».

Caminó media docena de pasos hacia el sonido de su voz y rodeó con cautela un zarzal. Se detuvo, miró atrás, y comprobó que aún podía ver el camino de Kezar Notch... lo cual significaba que cualquiera que viniera por allí podría verla, acuclillada y meando con una mochila cargada a medias a la espalda y una gorra de los Red Sox en la cabeza. Con el culo al aire, como diría Pepsi (en una ocasión, Quilla Andersen había comentado que la foto de Penelope Robichaud tendría que ilustrar la palabra «vulgar» en el diccionario).

Trisha bajó por una suave pendiente, sus zapatillas resbalaron un poco sobre la alfombra de hojas muertas del año anterior, y cuando llegó al fondo, ya no pudo ver el sendero de Kezar Notch. Estupendo. Desde la otra dirección, justo enfrente, oyó una voz de hombre y la respuesta en forma de carcajada de una chica. Excursionistas que iban por el camino principal, y no se encontraban muy lejos, a juzgar por el sonido. Mientras Trisha se desabotonaba los tejanos, se le ocurrió que si su madre y su hermano hacían un alto en su interesantísima discusión y miraban atrás para ver qué hacía hermanita, y en su lugar se encontraban con una pareja de desconocidos, tal vez se preocuparían por ella.

¡Bien! A ver si piensan en otra cosa durante unos minutos. Algo que no sea ellos mismos.

El truco, le había dicho su madre durante aquel paseo por el bosque de hacía dos años, no consistía en desistir de salir al campo (las chicas podían hacerlo tan bien como los chicos), sino en hacerlo sin mojarse la ropa.

Trisha se agarró a la rama que sobresalía de un pino cercano, dobló las rodillas, metió la mano libre entre las piernas y apartó los pantalones y las bragas de la línea de fuego. Durante un momento no pasó nada (normal), y Trisha suspiró. Un mosquito sediento de sangre zumbó cerca de su oído izquierdo, pero no tenía ninguna mano libre para repelerlo.

—¡Oh, batería de cocina sin agua! —dijo irritada, pero era divertido, deliciosamente estúpido y divertido, y se echó a reír.

En cuanto empezó a reír, empezó a mear. Cuando acabó, miró alrededor en busca de algo para secarse, y decidió, utilizando otra frase de su padre, no tentar su suerte. Meneó un poco el culito (como si fuera a servir de algo), y se subió los pantalones. Cuando el mosquito zumbó cerca de su cara otra vez, lo aplastó al instante y contempló con satisfacción la manchita de sangre aparecida en la palma de su mano.

—Pensabas que iba desarmada, ¿verdad, amiguito? —dijo.

Trisha se volvió hacia la pendiente, y después dio media vuelta cuando se le ocurrió la peor idea de su vida: continuar adelante, en lugar de retroceder hasta el sendero de Kezar Notch. Los senderos se habían bifurcado en forma de Y. Cruzaría el hueco entre ambos y regresaría al camino principal. Estaba chupado. No había posibilidad de perderse, porque oía con claridad las voces de los demás excursionistas. No existía la menor oportunidad de perderse.

SEGUNDA ENTRADA

La parte oeste del barranco al que Trisha había bajado era mucho más empinada que la parte por donde había descendido. Trepó con la ayuda de varios árboles, llegó arriba y caminó en dirección a las voces que había oído. Había mucha maleza, y rodeó muchos brotes erizados de espinos. Cada vez que los rodeaba clavaba los ojos en la dirección del camino principal. Caminó de esta manera durante unos diez minutos, y luego se detuvo. Sintió un leve temblor de inquietud en ese delicado lugar situado entre el pecho y el estómago, el lugar donde todos los nervios del cuerpo parecen converger. ¿No tendría que haber llegado ya al de North Conway de la Senda de los Apalaches? Pensaba que sí. No había avanzado tanto por el ramal de Kezar Notch, no más de cincuenta pasos (no más de sesenta, seguro, setenta a lo sumo), y el hueco entre los dos brazos divergentes de la Y no podía ser muy grande, ¿verdad?

Aguzó el oído para escuchar las voces de la senda principal, pero ahora el bosque estaba en silencio. Bueno, eso no era cierto. Oyó el susurro del viento entre los grandes y ancianos pinos del oeste, oyó el graznido de un grajo y el lejano martilleo de un pájaro carpintero, ocupado en extraer su aperitivo matinal de un árbol hueco, oyó un par de frenéticos mosquitos recién llegados (zumbaban alrededor de sus oídos), pero ninguna voz humana. Era como si fuera la única persona en aquel inmenso bosque y, aunque resultaba ridículo, notó que algo se agitaba de nuevo en aquel lugar hueco. Esta vez, con un poco más de fuerza.

Trisha echó a caminar de nuevo, ansiosa por llegar a la senda, ansiosa por experimentar el alivio de la senda. Llegó a un gran árbol caído, demasiado alto para saltarlo, y decidió que pasaría por debajo. Sabía que lo más sensato sería dar la vuelta, pero ¿y si perdía el sentido de la orientación?

«Ya lo has perdido», susurró una voz en su cabeza, una voz fría y terrible.

—Cállate, no me he perdido, cállate —susurró en respuesta, y se puso de rodillas.

Había un hueco que corría bajo un fragmento del árbol cubierto de musgo, y Trisha se metió por él. Las hojas que lo forraban estaban mojadas, pero cuando se dio cuenta de que tenía la camisa empapada, decidió que ya no importaba. Se arrastró y la mochila tropezó con el tronco del árbol.

—¡Maldición! —susurró («maldición» era el juramento favorito de Pepsi y de ella. Sonaba muy de mansión campestre inglesa), y retrocedió.

Se puso de rodillas, sacudió las hojas mojadas que se habían adherido a su camisa y notó que sus dedos estaban temblando.

—No estoy asustada —dijo en voz alta a propósito, porque el sonido de sus susurros la había asustado un poco—. Nada asustada. La senda está allí. Llegaré dentro de cinco minutos, y correré para alcanzarles.

Se quitó la mochila, la empujó delante de ella y empezó a reptar de nuevo por debajo del árbol.

A mitad de camino, algo se movió bajo ella. Era una gruesa serpiente negra que se deslizaba entre las hojas. Por un momento todos sus pensamientos se transformaron en una silenciosa explosión blanca de asco y horror. Su piel se convirtió en hielo, y notó un nudo en la garganta. Ni siquiera podía pensar en la palabra «serpiente», sólo sentirla, latiendo bajo su mano caliente. Trisha gritó y trató de levantarse, olvidando que no estaba en terreno descubierto. Una rama gruesa como un brazo amputado se hundió en su región lumbar. Cayó al suelo y salió de debajo del árbol a la mayor velocidad posible, seguramente recordando un poco a una serpiente.

El repugnante bicho había desaparecido, pero el terror permanecía. La había tenido justo debajo de la mano, escondida entre las hojas muertas y justo debajo de su mano. Era evidente que no era de las que mordían, gracias a Dios. Pero ¿y si había más? ¿Y si eran venenosas? ¿Y si el bosque estaba lleno de ellas? Pues claro que sí, el bosque estaba lleno de todo lo que no te gustaba, de todo lo que temías y detestabas instintivamente, de todo lo que intentaba dominarte con un pánico irracional. ¿Por qué había accedido a venir? Y no sólo accedido, sino accedido de buena gana.

Cogió su mochila por la correa y corrió, mientras la mochila golpeaba contra su pierna, mientras echaba miradas hacia el árbol caído y los espacios sembrados de hojas que se extendían entre los demás, temerosa de ver la serpiente, aún más temerosa de ver todo un batallón, como las serpientes de *La invasión de las serpientes asesinas*, una película de horror, protagonizada por Patricia McFarland, la estremecedora historia de una niña perdida en el bosque y...

—No me he p... —empezó Trisha, y entonces, como iba mirando hacia atrás, tropezó con una roca que sobresalía de la tierra húmeda, se tambaleó y cayó de costado. Notó una llamarada de dolor en la región lumbar, donde la rama se le había clavado antes.

Siguió tumbada sobre las hojas (húmedas, pero no tan pegajosas como las que había en el hueco bajo el árbol caído), con la respiración entrecortada, un latido doloroso entre los ojos. De repente, tomó conciencia de que ya no sabía si iba en la dirección correcta. No tenía que haber mirado tanto hacia atrás.

Vuelve al árbol, pues. El árbol caído. Ponte de pie en el punto por donde saliste y mira adelante, y ésa será la dirección en la que deberás ir, la dirección del camino principal.

¿Lo era? En ese caso, ¿por qué no había llegado ya al camino principal?

Notó el escozor de las lágrimas en las comisuras de los ojos. Trisha parpadeó varias veces para rechazarlas. Si empezaba a llorar, no sería capaz de decirse que no estaba asustada. Si empezaba a llorar, podía pasar cualquier cosa.

Caminó con lentitud hacia el árbol caído cubierto de musgo. Detestaba ir en la dirección equivocada siquiera por unos segundos, detestaba volver al lugar donde había visto a la serpiente (venenosa o no, las odiaba), pero debía hacerlo. Divisó el punto entre las hojas donde había estado cuando vio (y sintió, oh, Dios) a la serpiente, una mancha del tamaño de una niña sobre el suelo del bosque. Ya se estaba llenando de agua. Al verlo, se pasó una mano por la camisa, toda mojada y manchada de barro. Hasta el momento, lo más alarmante era que su camisa estuviera mojada y embarrada, como resultado de reptar bajo un árbol. Sugería que se había producido un cambio de plan... y si el nuevo plan incluía arrastrarse bajo árboles caídos, el cambio no había sido para mejor.

Para empezar, ¿por qué se había apartado del camino principal? ¿Por qué había perdido de vista el camino? ¿Sólo para mear? ¿Para mear, cuando su necesidad no era tan acuciante? Si era así, tenía que estar loca. Y después se había apoderado de ella una locura aún mayor, convenciéndola de que podía recorrer el bosque inexplorado (era la expresión que se le ocurrió ahora) sana y salva. Bien, hoy había aprendido algo, sin duda. Había aprendido a no alejarse del sendero. Independientemente de lo que tuvieras que hacer, de la necesidad de hacerlo, de la tabarra que tuvieras que escuchar, lo mejor era ceñirse al camino. Si te ceñías al camino, tu camiseta de los Red Sox seguía estando limpia y seca. En el camino nada se agitaba en el lugar hueco situado entre el pecho y el estómago. En el camino estabas a salvo.

A salvo.

Trisha se llevó la mano a la región lumbar y notó un agujero en la camisa. La rama la había atravesado. Confiaba en que no hubiera sido así. Cuando se miró los dedos, vio manchitas de sangre en las yemas. Trisha emitió un suspiro, pariente cercano de un sollozo, y se secó los dedos en los tejanos.

—Tranquilízate, al menos no ha sido un clavo oxidado —dijo—. Cuenta tus bendiciones.

Era uno de los dichos de su madre, pero no sirvió de gran cosa. Trisha nunca se había sentido menos bendecida en toda su vida.

Recorrió con la mirada la longitud del tronco, incluso metió un pie entre las hojas, pero no vio ni rastro de la serpiente. No debía ser de las mordedoras, pero, oh, Dios, eran tan horribles. Sin patas y sinuosas, y metían y sacaban la lengua. Ni siquiera podía pensar en ello, cómo había latido bajo su palma como un músculo frío.

¿Por qué no me he puesto botas?, pensó Trisha, mientras contemplaba sus Reebooks. ¿Por qué he salido con zapatillas de deporte? La respuesta era, por supuesto, que se trataba de un tipo de calzado ideal para caminar por el sendero... y el plan consistía en caminar por el sendero.

Cerró los ojos un momento.

—No obstante, estoy bien —dijo—. Sólo he de conservar la cabeza fría y no ponerme nerviosa. Dentro de un par de minutos oiré las voces de otros excursionistas.

Esta vez, su voz la convenció un poco, y se sintió algo mejor. Dio media vuelta, plantó los pies a cada lado del trozo de tierra donde se había tumbado, y apoyó el trasero contra el tronco del árbol. Allí. Justo enfrente. El camino principal. Tenía que estar allí.

Quizá. Y quizá sea mejor que espere aquí. Que espere a oír voces. Para estar segura de que me he orientado bien.

Pero no podía soportar la espera. Quería estar de vuelta en el camino y dejar atrás aquellos aterradores diez minutos (o tal vez ya eran quince) lo antes posible. En consecuencia, se colgó de nuevo la mochila a la espalda (no tenía a mano al hermano mayor, irritable y distraído, pero en el fondo buen chico, que la ayudara con las correas) y se puso en marcha. Zumbaban tantos insectos alrededor de su cabeza, que su vista daba la impresión de bailar con puntitos negros. Agitó las manos para ahuyentarlos, pero sin soltar bofetones. Los bofetones estaban reservados para los mosquitos, aunque es mejor ahuyentar a los insectos más pequeños, había dicho su madre... tal vez el mismo día que le había enseñado cómo meaban las chicas en el bosque. Quilla Andersen (sólo que entonces aún era Quilla McFarland) dijo que los bofetones atraían al miedo, y el que los repartía cada vez era más consciente de su inquietud. «En lo tocante a los insectos del bosque —había dicho la mamá de Trisha—, es mejor pensar como un caballo. Fingir que tienes una cola para ahuyentarlos.»

De pie junto al árbol caído, agitando las manos pero sin lanzar manotazos contra los mosquitos, Trisha clavó la vista en un pino alto que distaba unos cuarenta metros... Cuarenta metros hacia el norte, si aún conservaba el sentido de la orientación. Caminó hacia él, y cuando apoyó la mano sobre el tronco del enorme pino, pegajoso a causa de la resina, miró hacia el árbol caído. ¿Estaban en línea recta? Eso pensaba.

Animada, divisó unos arbustos salpicados de bayas rojas. Su madre se las había enseñado durante uno de sus paseos campestres, y cuando Trisha afirmó que eran venenosas y mortales de necesidad (Pepsi Robichaud se lo había dicho), su madre rió y dijo: «La famosa Pepsi no sabe nada de nada. Eso me tranquiliza. Eso son gaulterias, Trish. Y no son en absoluto venenosas. Saben a ese chicle que va envuelto en papel rosa». Su madre se había metido un puñado de bayas en la boca, y como no se desplomó víctima de vómitos y convulsiones, Trisha las había probado. Le habían sabido a los caramelos de mentol que te hacían cosquillas en la boca.

Caminó hasta los arbustos y pensó en coger algunas bayas para animarse, pero no lo hizo. No tenía hambre, y jamás había tenido menos ganas de animarse. Inhaló el aroma especiado de las hojas verdes cerúleas (también se podían comer, había dicho Quilla, aunque Trisha nunca las había probado, porque al fin y al cabo no era una marmota) y volvió a mirar hacia el pino. Supuso que aún se estaba desplazando en línea recta, y escogió una tercera señal, en esta ocasión una roca hendida que parecía un sombrero surgido de una peli antigua en blanco y negro. A continuación vino una arboleda de abedules, y desde allí caminó con parsimonia hasta un exuberante grupo de espinos, a mitad de una pendiente.

Estaba tan concentrada en no perder de vista ninguna de las señales (no vuelvas a mirar atrás, cariño), que se paró al lado de los espinos antes de darse cuenta, y perdón por el juego de palabras, de que los árboles le ocultaban el bosque. Ir de señal en señal era estupendo, y pensó que había conseguido andar en línea recta... pero ¿y si la línea recta iba en la dirección equivocada? Tal vez sólo por un poco, pero tenía que haberse equivocado. Si no, a estas alturas ya habría llegado a la senda. Tenía que haber andado...

—Cáscaras —dijo, y en su voz notó un tono curioso que no le gustó nada—, serán unos dos kilómetros. Dos kilómetros, como máximo.

Insectos a su alrededor. Odiosos mosquitos que parecían colgar como helicópteros de sus orejas, y que emitían aquel murmullo enloquecedor. Intentó aplastar a uno y falló, sólo consiguió que su oído le zumbara. Tuvo que contenerse para no repetir la jugada. Si empezaba, terminaría atizándose como un personaje de los antiguos dibujos animados.

Dejó caer la mochila, se acuclilló, desanudó las hebillas y la abrió. Dentro había su capote de plástico azul, y la bolsa de papel donde guardaba el almuerzo que se había preparado. Había su Gameboy y una loción bronceadora (tampoco era que la fuera a necesitar, porque el sol había desaparecido y los últimos retazos de azul se iban cubriendo de nubes). Había su botella de agua y una botella de Surge y sus Twinkies y una bolsa de patatas fritas. Sin embargo, no vio el repelente de insectos. Por lo tanto, se aplicó la loción bronceadora (quizá mantendría a raya los mosquitos). Se detuvo apenas un momento para echar un vistazo a los Twinkies, y luego los dejó caer en la mochila con todo lo demás. Por lo general, le encantaban (cuando tuviera la edad de Pete, su cara sería un mapa de acné si no aprendía a rechazar los dulces), pero de momento no tenía nada de hambre.

«Además, es posible que nunca llegues a la edad de Pete», dijo aquella inquietante voz interior. ¿Cómo era posible que alguien guardara dentro de sí una voz tan fría y aterradora, tan traidora a la causa? «Es posible que nunca salgas de este bosque.»

—Cállate, cállate —siseó, y cerró la mochila con dedos temblorosos.

Empezó a levantarse... De pronto se detuvo, con una rodilla en la blanda tierra, al lado de los helechos, la cabeza erguida, y olisqueó el aire como un cervato durante su primera expedición sin la compañía de su madre. Sólo que Trisha no estaba oliendo. Estaba escuchando completamente concentrada.

El crujido de las ramas acariciadas por una suave brisa. El murmullo de los mosquitos (bichos asquerosos). El graznido lejano de un cuervo. El pájaro carpintero. Y, casi inaudible, el zumbido de un avión. No se oían voces procedentes del camino. Ni una. Era como si hubieran cortado el camino de

North Conway. Y, mientras el ruido del avión se desvanecía en la distancia, Trisha comprendió la verdad.

Se puso en pie y sintió las piernas muy pesadas, y también su estómago. En cambio, notó la cabeza ligera y extraña, como un globo lleno de gas y cargado de lastre. De pronto se sumergió en el aislamiento con una opresiva sensación de haber quedado aislada del resto de la humanidad. De algún modo había sobrepasado los límites, se había alejado del estadio para llegar a un lugar donde las reglas a las que se atenía ya no servían.

—¡Eh! —chilló—. ¿Alguien me oye? ¿Me oís? ¡Eh! —Hizo una pausa, mientras rezaba para recibir una respuesta, pero no llegó, y al fin se desahogó por completo—: ¡Socorro, me he perdido! ¡Socorro, me he perdido!

Las lágrimas empezaron a brotar, y ya no pudo contenerlas, ya no pudo fingir que conservaba el control de la situación. Su voz tembló, primero la voz vacilante de una niña, y después el aullido de un bebé al que han dejado olvidado en la cuna, y aquel sonido la aterró todavía más que cualquier otra cosa en aquella espantosa mañana, porque el único sonido humano que se oía en el bosque era su voz, que suplicaba ayuda, suplicaba ayuda porque se había perdido.

TERCERA ENTRADA

Aulló durante unos quince minutos, y a veces hizo bocina con las manos y envió su voz en la dirección donde imaginaba que estaba el camino, sin apartarse de los helechos. Emitió un chillido final, sin palabras, apenas un agudo graznido de miedo y cólera combinados, tan potente que la garganta le escoció, y después se sentó al lado de la mochila, apoyó la cara en las manos y lloró. Lloró durante unos cinco minutos (era imposible comprobarlo, porque se había dejado el reloj en casa, sobre la mesita de noche, otra inteligente jugada de la gran Trisha), y cuando paró se sintió un poco mejor... de no ser por los insectos. Había insectos por todas partes, zumbaban y siseaban, intentaban beber su sangre y sorber su sudor. Los insectos la estaban volviendo loca. Trisha se levantó de nuevo, agitó en el aire su gorra de los Red Sox y recordó que no debía soltar manotazos, a sabiendas de que lo haría si la situación no cambiaba. No podría contenerse.

¿Caminar o quedarse donde estaba? No sabía qué sería mejor. Estaba demasiado asustada para pensar con lucidez. Sus pies decidieron por ella, y Trisha se puso en marcha de nuevo, mientras miraba alrededor atemorizada y se enjugaba los ojos hinchados. La segunda vez que se llevó el brazo a la cara lo vio cubierto por media docena de mosquitos; los atacó con saña y mató tres. Dos estaban llenos a reventar. Ver su propia sangre no solía afectarla, pero esta vez sus piernas se quedaron sin fuerzas y volvió a sentarse sobre la alfombra de agujas, en mitad de una arboleda de pinos viejos, y lloró de nuevo. Le dolía la cabeza y notaba el estómago algo revuelto. Hace un rato estaba en la furgoneta, pensó una y otra vez. En la furgoneta, en el asiento trasero de la furgoneta, mientras ellos discutían. Entonces recordó la voz airada de su hermano: «¡No sé por qué hemos de pagar por vuestras equivocaciones!». Pensó que tal vez serían las últimas palabras que oiría decir a Pete, y se estremeció de pavor, como si hubiera atisbado una forma monstruosa en las sombras.

Esta vez sus lágrimas se secaron con mayor rapidez, y no lloró con tanto sentimiento. Cuando volvió a levantarse (mientras agitaba la gorra en el aire sin darse cuenta), se sintió casi calmada. A estas alturas ya se habrían dado cuenta de su desaparición. La primera idea de mamá sería que Trisha se había hartado de la discusión y regresado al Caravan. La llamarían, volverían sobre sus pasos, preguntarían a la gente con la que se cruzaran si habían visto a una niña tocada con una gorra de los Red Sox («Tiene nueve años, pero es alta para su edad y parece mayor», oyó Trisha decir a su madre), y cuando regresaran al aparcamiento y vieran que no estaba en la furgoneta, empezarían a preocuparse en serio. Mamá se asustaría. Trisha se sintió culpable y asustada al pensar en su miedo. Se armaría un desaguisado, tal vez tan grande que implicaría a los guardabosques y al Servicio Forestal, y todo sería por su culpa. Se había apartado del camino.

Lo cual añadió una nueva capa de angustia a su ya alterada mente, y Trisha empezó a caminar a buen paso, con la esperanza de llegar al camino principal antes de que se armara el cirio, antes de convertirse en lo que su madre definiría como «espectáculo público». Caminó sin tomar la anterior precaución de desplazarse en línea recta, desviándose cada vez más hacia el oeste sin darse cuenta, alejándose de la Senda de los Apalaches y de la mayor parte de sus pistas y caminos secundarios, en una dirección donde había poco más que bosque renacido muy espeso, repleto de maleza, barrancos enmarañados y un terreno todavía más difícil. Gritaba y escuchaba, gritaba y escuchaba.

Se habría quedado estupefacta de haber sabido que su madre y su hermano seguían enzarzados en su discusión y aún no habían reparado en su desaparición.

Aceleró el paso, mientras agitaba las manos para ahuyentar a los insectos, sin molestarse ya en rodear los matojos de arbustos. Escuchaba y gritaba, sólo que, en realidad, ya no escuchaba. No sentía los mosquitos sobre su nuca, justo debajo de la línea del cabello como alcohólicos poniéndose como cubas.

No cedió al pánico de súbito, como cuando notó el contacto de la serpiente, sino de una forma gradual, como perdiendo la noción del mundo. Caminaba sin fijarse por dónde iba. Pedía socorro a gritos sin escuchar su voz. Escuchaba con oídos que no hubieran oído un grito de respuesta procedente del árbol más cercano. Y cuando empezó a correr, lo hizo sin darse cuenta. He de mantener la calma, pensó mientras sus pies se aceleraban. Yo estaba en la furgoneta, pensó al iniciar la maratón. No sé por qué hemos de pagar por vuestras equivocaciones, pensó, mientras esquivaba por poco una rama que parecía empeñada en sacarle un ojo. No obstante, rozó su mejilla izquierda, de la que brotó un hilillo de sangre.

La brisa que azotaba su cara mientras corría, mientras atravesaba un matorral con un sonido que se le antojó muy distante (ni siquiera sentía los espinos que desgarraban sus tejanos y arañaban sus brazos), era fresca y tonificante. Ascendió una ladera, corriendo a toda prisa con la gorra torcida y el cabello suelto, pues hacía mucho rato que había perdido la goma que sujetaba su coleta de caballo. Saltó por encima de arbolillos que alguna tormenta habría derribado, llegó a lo alto de un saliente... y de repente vio ante ella un largo valle gris azulado, con riscos de granito que se alzaban al otro lado, a kilómetros de donde ella se encontraba. Y delante de ella no había nada más que el resplandor del aire, por el cual caería hacia su muerte, mientras daba vueltas y vueltas y llamaba a gritos a su madre.

Su mente se había perdido de nuevo en aquel rugido blanco de terror irracional, pero su cuerpo reconoció que detenerse a tiempo de no caer por el precipicio era imposible. Su única esperanza residía en reconducir el movimiento antes de que fuera demasiado tarde. Trisha giró a la izquierda, al tiempo que su pie derecho se proyectaba sobre la sima. Oyó los guijarros, que caían rebotando sobre la muralla de roca.

Trisha se desplazó sobre la franja que separaba el suelo del bosque, de la roca desnuda que indicaba el borde del precipicio. Corrió con la confusa y terrible certeza de que algo había estado a punto de pasarle, y también con un vago recuerdo de una película de ciencia ficción, en la que el héroe atraía a un feroz dinosaurio hasta el borde de una sima para que cayera por ella.

Delante de ella, un fresno había caído, y sus seis metros finales sobresalían sobre el borde como la proa de una nave, y Trisha se abrazó a él con ambas manos, aplastó su mejilla ensangrentada contra el tronco, y cada vez que respiraba, absorbía el aire con un chillido y lo expulsaba con un sollozo. Permaneció así durante largo rato, temblando de pies a cabeza. Por fin, abrió los ojos. Tenía vuelta la cabeza hacia la derecha, con la vista clavada en el abismo, sin poder evitarlo.

En aquel punto, la caída sólo era de unos quince metros, y terminaba en un montón de escoria glacial, de la que brotaban pequeños grupos de arbustos de un verde intenso. También distinguió una pila de árboles y ramas podridos que habían caído por el borde del precipicio por culpa de alguna lejana tormenta. Entonces, una imagen apareció en el cerebro de Trisha, terrible por su diáfana claridad. Se vio cayendo hacia aquel montón informe, al tiempo que gritaba y agitaba los brazos. Vio que una rama muerta atravesaba su mandíbula y se abría paso entre los dientes, hasta clavar la lengua contra el paladar como una nota roja, para luego perforar su cerebro y matarla.

—¡No! —chilló, impresionada por la imagen. Contuvo el

aliento—. Estoy bien —dijo, en voz baja y apresurada. Notó el dolor de los arañazos causados por las zarzas en sus brazos, así como el de la mejilla, cubiertos de sudor—. Estoy bien. Me encuentro bien. Sí.

Se soltó del árbol, se puso en pie con movimientos inseguros, y después lo aferró de nuevo, cuando el pánico se coló en su cabeza. Una parte irracional de su mente temía que la tierra se ladeara y la arrojara por el borde.

—Estoy bien —repitió, todavía en voz baja y apresurada. Se humedeció el labio superior y notó un gusto salado—. Estoy bien, estoy bien.

Lo repitió una y otra vez, pero pasaron tres minutos antes de que pudiera convencer a sus brazos de que se soltaran del árbol por segunda vez. Cuando lo logró por fin, Trisha retrocedió, lejos del precipicio. Se puso la gorra de nuevo y miró hacia el otro lado del valle. Vio el cielo, cubierto de nubes de lluvia, y vio unos seis trillones de árboles, pero ni la menor señal de vida humana, ni siquiera el humo de un pequeño campamento.

—Pero estoy bien... Estoy bien.

Retrocedió otro paso y emitió un gritito cuando algo

(serpientes serpientes)

rozó la parte posterior de sus rodillas. Sólo eran arbustos, por supuesto. Con las ramas cargadas de bayas. Y los mosquitos la habían descubierto otra vez. Estaban dando forma de nuevo a su nube, cientos de puntitos negros que bailaban alrededor de sus ojos, sólo que esta vez los puntos eran más grandes y daba la impresión de que estaban estallando como rosas negras al florecer. Trisha sólo tuvo tiempo de pensar: Me voy a desmayar, me voy a desmayar, y cayó de espaldas sobre los arbustos, con los ojos en blanco, y los insectos flotaron como una nube trémula sobre su carita pálida. Al cabo de unos momentos, los primeros mosquitos aterrizaron sobre sus párpados y dieron comienzo al festín.

PRINCIPIO DE LA CUARTA

Su madre estaba cambiando los muebles de sitio: ése fue el primer pensamiento de Trisha cuando volvió en sí. El segundo fue que papá la había llevado al Palacio de Hielo de Lynn, y lo que oía era el ruido de los chicos que patinaban en la vieja pista inclinada. Entonces, algo frío se estrelló contra el puente de su nariz y abrió los ojos. Otra gota fría de agua cayó justo en el centro de su frente. Una luz brillante desgarró el cielo, lo cual provocó que se encogiera y entornara los ojos. A continuación, el estallido de un trueno la empujó a rodar de costado. Adoptó instintivamente la posición fetal, al tiempo que emitía un gritito. Entonces, los cielos se abrieron.

Trisha se incorporó, recogió la gorra, que se había caído, y se la encasquetó de nuevo, jadeando como alguien a quien hubieran arrojado a un lago helado (de hecho, así era como se sentía). Se levantó con movimientos vacilantes. Retumbó otro trueno y un rayo abrió una brecha púrpura en el aire. De pie, con el agua de lluvia que goteaba de su nariz y el cabello aplastado contra las mejillas, vio que un alto abeto medio muerto que había en el fondo del valle estallaba de repente en fragmentos de fuego. Un momento después comenzó a llover con tanta intensidad que el valle se transformó en un espectro esbozado, envuelto en bruma gris.

Retrocedió y fue a refugiarse en el bosque. Abrió la mochila y sacó el capote azul. Se lo puso («Mejor tarde que nunca», habría dicho su padre) y se sentó en un árbol caído. Tenía aún la cabeza turbia, y los párpados hinchados e irritados. El bosque absorbía parte de la lluvia, pero no toda. El chaparrón era tremendo. Trisha se subió la capucha y oyó el repiqueteo de la lluvia sobre él, como si fuera el techo de un coche. Vio la omnipresente nube de insectos que bailaban delante de sus ojos, y los ahuyentó con una mano carente de fuerzas. Nada les repele y siempre tienen hambre, se alimentaron de mis párpados cuando me desmayé y se alimentarán de mi cadáver, pensó, y rompió a llorar. Con desesperación. Siguió espantando a los insectos, y se encogía cada vez que retumbaba un trueno.

Sin reloj y sin sol, el tiempo no existía. Trisha sólo sabía que estaba allí sentada, una diminuta figura con un capote azul acurrucada sobre un árbol caído, hasta que los truenos empezaron a alejarse hacia el este, como un bravucón vencido pero todavía fanfarrón. La lluvia caía sobre ella. Los mosquitos zumbaban, y había uno atrapado entre el interior de la capucha y su cabeza. Lo apretó con el pulgar y el zumbido cesó con brusquedad.

—Ya está —dijo desconsolada—. Tú te lo has buscado, por pesado.

Empezó a levantarse y su estómago crujió. Antes no había tenido hambre, pero ahora sí. La idea de llevar tanto tiempo perdida que tenía hambre era aterradora. Se preguntó cuántas cosas aterradoras más la aguardaban, y se alegró de no saberlo, de no poder verlas. Quizá ninguna, se dijo. Eh, chica, anímate. A lo mejor, ya has dejado atrás todas las cosas desagradables.

Trisha se quitó el capote. Antes de abrir la mochila, echó un vistazo a su aspecto. Estaba empapada de pies a cabeza y cubierta de agujas de pino debido a su desmayo, su primer desmayo de verdad. Se lo contaría a Pepsi, siempre dando por sentado que volviera a ver a Pepsi.

—No empieces otra vez —dijo, y abrió la mochila.

Sacó la comida y la bebida que había traído, y alineó ante

ella las vituallas. Al ver la bolsa de papel que contenía su almuerzo, su estómago gruñó con más ferocidad. ¿Tan tarde era? Algún reloj mental conectado con su metabolismo sugirió que debían de ser las tres de la tarde, ocho horas desde que había desayunado sus cereales, cinco desde que había tomado aquel atajo inacabable y estúpido. Las tres de la tarde. Tal vez incluso las cuatro.

La bolsa del almuerzo contenía un huevo duro, todavía con su cáscara, un bocadillo de atún y unos bastoncitos de apio. También había una bolsa de patatas fritas (pequeña), la botella de agua (grande), la botella de Surge (tamaño extra, le encantaba la Surge) y los Twinkies.

Cuando miró la botella de limonada, Trisha se sintió de pronto más sedienta que hambrienta... y loca por ingerir azúcar. Desenroscó el tapón y se llevó la botella a los labios, pero se detuvo. No sería una buena idea zamparse la mitad de su contenido, tuviera sed o no. Cabía la posibilidad de que continuara extraviada un buen rato. Parte de su mente gimió e intentó desechar la idea, calificarla de ridícula y expulsarla, pero Trisha no lo permitió. Ya podría pensar otra vez como una cría cuando estuviera fuera del bosque, pero de momento debía pensar como una adulta siempre que fuera posible.

Ya has visto lo que hay ahí, pensó, un gran valle sin otra cosa que árboles. Ni carreteras, ni humo. Has de proceder con astucia. Has de racionar tus provisiones. Mamá te diría lo mismo, y también papá.

Se permitió tres grandes sorbos de limonada, eructó y tomó otros dos tragos rápidos. Luego tapó la botella y examinó sus provisiones.

Se decidió por el huevo. Lo descascaró, y guardó los trocitos de cáscara en la misma bolsa de la que había salido el huevo (no se le ocurrió, ni en aquel momento ni después, que dejar abandonada la basura, cualquier señal de su presencia en aquel lugar, podría salvarle la vida), y lo espolvoreó con el pequeño salero. Ello provocó que volviera a llorar, porque se vio en la cocina de Sanford la noche anterior, poniendo sal sobre un trozo de papel parafinado, para después darle forma de cucurucho como le había enseñado su madre. Vio las sombras de su cabeza y sus manos, arrojadas por la luz del techo, sobre la encimera de formica. Oyó el sonido del telediario desde la sala de estar. Oyó crujidos cuando su hermano se movió en el piso de arriba. Este recuerdo poseía una claridad alucinógena, que casi lo convertía en una visión. Se sintió como alguien que se ahoga mientras recuerda cuando aún estaba en el barco, tan sereno y relajado, tan a salvo.

No obstante, tenía nueve años, nueve camino de diez, y era grande para su edad. El hambre era más fuerte que cualquier recuerdo del miedo. Espolvoreó el huevo con sal y lo devoró con rapidez, casi resollando. Era delicioso. Podría haberse zampado otro sin problemas, y quizá dos. Su madre llamaba a los huevos «bombas de colesterol», pero su madre no estaba con ella y el colesterol le parecía algo nimio, teniendo en cuenta que estaba perdida en el bosque, rasguñada de pies a cabeza y con los párpados tan hinchados debido a las picaduras de los mosquitos que parecían lastrados por algo (pasta de harina pegoteada a las pestañas, por ejemplo).

Echó un vistazo a los Twinkies, abrió el paquete y comió uno.

—Sec-su-al —dijo, uno de los cumplidos favoritos de Pepsi.

Lo engulló con un sorbo de agua. Después, actuando con celeridad para que ninguna mano la traicionara y le embutiera algo más en la boca, devolvió el resto de la comida a la bolsa (ahora un poco más vacía), comprobó el tapón de la botella de Surge, llena en sus tres cuartas partes, y guardó todo en la mochila. En ese momento sus dedos rozaron un bulto en el costado de la mochila, y un súbito estallido de alegría, tal vez alimentado en parte por la inyección de calorías, la invadió.

¡Su walkman! ¡Había traído el walkman! ¡Sí!

Abrió la cremallera del bolsillo interior y lo cogió con la reverencia de un sacerdote al manipular la eucaristía. El cable de los auriculares rodeaba el walkman, y los diminutos artilugios estaban sujetos a los costados. Dentro había la cinta favorita actual de Pepsi y ella (*Tubthumper*, de Chumbawamba), pero a Trisha no le interesaba la música en aquel momento. Se puso los auriculares, cambió el interruptor de CINTA a RADIO y la encendió.

Al principio, no oyó más que rumor de estática, porque había sintonizado la WMGX, una emisora de Portland. Pero buscando en la FM encontró la WOXO de Norway, y después la WCAS, la pequeña emisora de Castle Rock, un pueblo que habían atravesado camino de la Senda de los Apalaches. Casi pudo oír a su hermano, con la voz rebosante del sarcasmo recién descubierto, diciendo algo así como «¡La WCAS! ¡Hoy Hicksville, mañana el mundo!». Y era una emisora de Hicksville, no cabía duda. Plañideros cantantes country como Mark Chestnutt y Trace Adkins se alternaban con una locutora que recibía llamadas de personas deseosas de vender lavadoras, secadoras, Buicks y rifles de caza. Aun así, era un contacto humano, voces en la desolación, y Trisha siguió sentada sobre el árbol caído, transfigurada, mientras agitaba la gorra con la mano, como ausente, para ahuyentar los insectos. La primera vez que dijeron la hora fue a las tres y nueve minutos.

A las tres y media, la locutora pasó revista a las noticias locales. Los habitantes de Castle Rock estaban que trinaban por un bar donde había bailarinas en topless los viernes y los sábados por la noche, se había declarado un incendio en una guardería (nadie había resultado herido), y la autovía de Castle Rock iba a reabrir de nuevo el 4 de julio, con lugares de estacionamiento nuevos y montones de fuegos artificiales. Lluvioso esta tarde, despejado esta noche, soleado mañana con temperaturas superiores a veinte grados. Eso fue todo. Ninguna niña perdida. Trisha no supo si alegrarse o preocuparse.

Estaba a punto de apagar la radio para ahorrar pilas, cuando la locutora añadió: «No olviden que los Boston Red Sox reciben a esos cargantes New York Yankees esta noche a las siete. Podrán seguir las vicisitudes del encuentro aquí, en la WCAS. Y ahora, volvamos con...».

Volvamos con el día más mierdoso que ha vivido una niña, pensó Trisha, apagó la radio y enrolló el cable alrededor del aparato. No obstante, la verdad era que se sentía casi bien por primera vez desde que aquella extraña sensación había empezado a agitarse en su estómago. En parte se debía a tener algo que comer, pero sospechaba que la radio era la principal causante. Voces, auténticas voces humanas, y que sonaban tan cerca.

Había un enjambre de mosquitos sobre sus muslos, e intentaban horadar la tela de los tejanos. Gracias a Dios no se había puesto pantalones cortos. A esas alturas se habría convertido en filete de niña.

Ahuyentó a los mosquitos y se levantó. ¿Qué haría ahora? ¿Sabía algo de estar perdida en un bosque? Bien, que el sol salía por el este y se ponía por el oeste. Eso era todo. Alguien le había contado en una ocasión que el musgo crece sobre el lado norte o sur de un árbol, pero no conseguía recordar cuál. Quizá lo mejor sería seguir sentada allí, intentar improvisar una especie de refugio (más contra los insectos que contra la lluvia), y esperar a que alguien apareciera. Si tuviera cerillas, tal vez podría encender un fuego (la lluvia impediría que se propagase), y alguien vería el humo. Claro que si los cerdos tuvieran alas, el beicon volaría. Su padre lo decía.

—Espera un momento —dijo—. Espera un momento.

Algo acerca del agua. Salir de un bosque con la ayuda del agua. ¿Qué...?

Lo recordó, y experimentó otra oleada de alegría, tan intensa que casi se sintió aturdida. De hecho, se balanceó un poco sobre los pies, como cuando escuchas una música pegadiza.

Buscas una corriente de agua. No se lo había dicho su madre, lo había leído en un libro hacía mucho tiempo, tal vez cuando tenía siete años. Buscabas un río, un riachuelo, lo seguías, y tarde o temprano te llevaba a una corriente más grande. Si era más grande, la seguías hasta que conducía a otra aún más grande. A la larga, una corriente de agua tenía que guiarte fuera del bosque, porque siempre corrían hacia el mar, y allí no había bosques, sólo playas, rocas y algún faro ocasional. ¿Cómo encontraría una corriente de agua? Pues siguiendo el risco, por supuesto. De cuyo borde había estado a punto de caerse, gilipollas. El risco la guiaría en una dirección segura, y tarde o temprano encontraría un arroyo. Los bosques estaban llenos de arroyos, al menos eso decía la gente.

Volvió a cargar la mochila a su espalda (esta vez la colocó sobre el capote) y caminó con cautela hacia el risco y el fresno caído. Consideraba ahora su aterradora odisea por el bosque con esa mezcla de indulgencia y vergüenza que sienten los adultos cuando piensan en su peor comportamiento infantil, pero descubrió que aún no podía acercarse mucho al borde. Si lo hiciera, se sentiría mareada. Quizá se desmayaría de nuevo... o vomitaría. Vomitar la poca comida que había ingerido no sería una buena idea. Dobló a la izquierda y empezó a atravesar el bosque, con el valle a unos seis metros a su derecha. De vez en cuando se obligaba a acercarse para comprobar que no se estaba desviando, que el risco, con su amplia panorámica, seguía allí. Forzó el oído por si distinguía voces, pero sin excesivas esperanzas. El camino podía estar en cualquier sitio, y tropezar con él sería pura chiripa. Lo que intentaba escuchar era el sonido del agua, y al final lo oyó.

Me servirá de poca cosa si cae en cascada por ese estúpido precipicio, pensó, y decidió que se aproximaría más al borde para echar un vistazo al desnivel antes de llegar a la corriente. Aunque sólo fuera para evitar la decepción.

Los árboles habían retrocedido un poco en aquel punto, y el espacio que separaba el borde del bosque y el del precipicio estaba sembrado de arbustos. Dentro de cuatro o cinco semanas estarían cargados de arándanos. Ahora, sin embargo, las bayas eran diminutos brotes, verdes e indefinidos. No obstante, había encontrado gaulterias. Era la temporada, y sería una buena idea recordarlo. Por si acaso.

El terreno que se extendía entre los arbustos de arándanos estaba sembrado de fragmentos de roca. El sonido de sus zapatillas al pisar le recordó platos rotos. Caminó aún más despacio por aquella zona, y cuando estuvo a unos tres metros del borde del precipicio, avanzó a gatas. Estoy a salvo, se dijo, perfectamente a salvo, porque sé que está ahí, no hay nada de que preocuparse, pero su corazón seguía martilleando en el pecho. Y cuando llegó al borde, lanzó una risita de perplejidad, porque apenas había precipicio.

La panorámica del valle seguía siendo amplia, pero no por mucho tiempo más, porque el terreno de este lado se estaba hundiendo. Trisha se había concentrado tanto en escuchar y pensar (sobre todo para no perder los estribos de nuevo) que no se había dado cuenta. Avanzó un poco más, se abrió paso entre un pequeño grupo de arbustos y miró hacia abajo.

La distancia hasta el fondo debía de ser de unos seis metros, y ya no era escarpada. La pared de piedra se había convertido en una pendiente empinada y cubierta de grava. Abajo había árboles raquíticos, más arbustos de arándanos sin frutos, marañas de zarzas. Por todas partes se veían pilas de roca glaciar rota. El chaparrón había parado, sólo algún trueno ocasional se oía en la lejanía, pero continuaba lloviznando, y aquellos montones de roca tenían un aspecto desagradable y resbaladizo, como escoria de una mina.

Trisha retrocedió, se puso en pie y avanzó entre los arbustos hacia el sonido del agua. Empezaba a sentirse cansada, le dolían las piernas, pero pensó que, en conjunto, estaba bien. Asustada, desde luego, pero no tanto como antes. La encontrarían. Cuando la gente se perdía en el bosque, siempre la encontraban. Enviaban aviones y helicópteros y hombres con sabuesos y buscaban hasta localizar a la persona extraviada.

O puede que me salve yo misma. Encontraré una cabaña en el bosque, romperé una ventana si la puerta está cerrada con llave y no hay nadie, usaré el teléfono...

Trisha se imaginó en la cabaña de un cazador, que no había sido utilizada desde el otoño pasado. Vio los muebles cubiertos con telas descoloridas y una alfombra de piel de oso en el suelo. Percibió el olor a polvo y a cenizas antiguas. Era una fantasía tan clara que hasta pudo percibir un tenue aroma a café. La casa estaba vacía, pero el teléfono funcionaba. Era de los anticuados, con el auricular tan pesado que tuvo que sujetarlo con las dos manos, pero funcionaba y se oyó decir: «Hola, mamá. Soy Trisha. No sé muy bien dónde estoy, pero estoy b...».

Estaba tan absorta en la cabaña imaginaria y la llamada telefónica imaginaria, que estuvo a punto de caer en un riachuelo que salía del bosque y caía en cascada por la pendiente.

Se agarró a las ramas de un aliso y contempló el riachuelo, y hasta sonrió un poquito. Había sido un día fétido, sí, *très* fétido, pero daba la impresión de que su suerte estaba cambiando, y eso era fantástico. Se acercó al borde de la pendiente. El riachuelo se desplomaba como una cortina de espuma, golpeaba en alguna roca grande y desprendía chorros de rocío que hubieran albergado arco iris en una tarde soleada. La pendiente, a ambos lados del agua, parecía resbaladiza e inestable, por culpa de tanta roca mojada suelta. Sin embargo, estaba sembrada de arbustos. Si resbalaba, se agarraría a uno, como se había agarrado del aliso al borde del riachuelo.

—El agua lleva hacia la gente —dijo, y empezó a descender.

Lo hizo de costado, dando saltitos, por el lado derecho del arroyo. Al principio no tuvo problemas, aunque la pendiente era más inclinada de lo que parecía desde arriba, y el terreno quebradizo se deslizaba bajo sus zapatillas cada vez que ella se movía. Su mochila, de la que apenas había sido consciente hasta ahora, se le empezó a antojar como un bebé enorme e inestable acomodado en una mochilita. Cada vez que se movía, tenía que agitar los brazos para conservar el equilibrio. Pero todo iba bien de momento, y mejor así, porque cuando se detuvo a mitad de la pendiente su pie derecho se hundió en la roca suelta, y comprendió que subir sería imposible. Fuera como fuese, su destino era el fondo del valle.

Se puso en marcha de nuevo. Cuando había recorrido las tres cuartas partes del camino, un insecto, no un mosquito sino uno grande, se estrelló contra su cara. Era una avispa, y Trisha agitó las manos con un grito. La mochila se ladeó con violencia, su pie derecho resbaló y perdió el equilibrio. Cayó, se golpeó el hombro contra la ladera y empezó a deslizarse cuesta abajo.

—¡Mierda podrida! —gritó, y se aferró a la tierra.

Sólo consiguió que un torrente de roca suelta la acompañara en su descenso, y una tremenda punzada de dolor cuando un pedazo de cuarzo le cortó la palma. Se agarró de un arbusto, pero sus estúpidas y endebles raíces cedieron. Su pie golpeó contra algo, su pierna derecha se dobló en un ángulo doloroso y de repente voló por los aires. El mundo dio vueltas mientras Trisha ejecutaba un imprevisto salto mortal.

Aterrizó de espaldas y resbaló así, con las piernas abiertas, agitando los brazos, chillando de dolor, terror y sorpresa. El capote y la parte posterior de la camisa se le subieron hasta los omóplatos. Afilados fragmentos de roca le rasguñaron la piel. Intentó frenar con los pies. El izquierdo colisionó con un afloramiento de esquisto que la hizo girar a la derecha. De modo que empezó a rodar sin control, obstaculizada por la mochila. Vio el cielo abajo, la odiada pendiente arriba, y después intercambiaron posiciones.

Recorrió los diez metros finales sobre su costado izquierdo, con el brazo izquierdo extendido y la cara hundida en el hueco de su codo. Golpeó contra algo, con fuerza suficiente para contusionarse las costillas... y antes siquiera de que pudiera levantar la vista, una aguja de dolor se clavó justo encima de su pómulo izquierdo. Trisha chilló y se puso de rodillas, abofeteando el aire. Aplastó algo (otra avispa, por supuesto, ¿qué otra cosa podía ser?), al tiempo que el monstruo la picaba de nuevo. Abrió los ojos y los vio a su alrededor: insectos de un color amarillo pardusco que parecían lastrados en la sección de cola, fábricas de veneno regordetas y desmañadas.

Se había estrellado contra un árbol reseco al pie de la pendiente, a unos ocho metros del riachuelo. En la horqueta más baja del árbol, a la altura de los ojos de una niña de nueve años, pero que era alta para su edad, había un nido gris. Irritadas avispas revoloteaban alrededor y salían volando por el agujero de arriba.

El dolor se materializó en el lado derecho del cuello de Trisha, justo debajo de la visera de su gorra. Sintió otro aguijonazo en el brazo derecho, sobre el codo. Dio media vuelta, presa del pánico, chillando. Algo asaeteó su nuca y su región lumbar, por encima de la cintura de los pantalones, que la camisa levantada y el capote deshilachado dejaban al descubierto.

Corrió en dirección al arroyo sin pensarlo dos veces, sólo porque era terreno al descubierto. Se abrió paso entre los arbustos, y cuando la maleza empezó a espesarse, continuó corriendo. Se detuvo en el arroyo, sin aliento, y miró hacia atrás, con lágrimas en los ojos (y con miedo). Las avispas se habían ido, pero habían hecho mucho daño antes de que las dejara atrás. Su ojo izquierdo casi estaba cerrado a causa de la hinchazón.

Si me da una mala reacción, moriré, pensó, pero después del pánico que había experimentado ya le daba igual. Se sentó junto al arroyo que la había metido en aquel lío, y sollozó y sorbió por la nariz. Cuando se serenó un poco, se quitó la mochila. Feroces estremecimientos la recorrían, y cada uno conseguía tensar su cuerpo como un resorte, así como despertar punzadas de dolor en todos los sitios donde la habían picado. Rodeó la mochila con los brazos, la meció como si fuera una muñeca, y lloró con más pesar todavía. Abrazar la mochila de aquella manera la llevó a pensar en *Mona*, acostada en el asiento trasero del Caravan, la fiel *Moanie Balogna* de grandes ojos azules. En ciertos momentos, cuando sus padres estaban a punto de divorciarse, y cuando al fin lo hicieron, *Mona* había significado su único consuelo. Eran tiempos en que ni siquiera Pepsi podía comprenderla. Ahora, el divorcio de sus padres se le antojaba pecata minuta. Había problemas más gordos que los adultos no sabían solventar, las avispas, para empezar, y Trisha pensó que daría cualquier cosa por ver otra vez a *Mona*.

Al menos, no iba a morir a consecuencia de las picaduras, o ya estaría agonizando. Había oído hablar a su madre y a la señora Thomas, que vivía al otro lado de la calle, sobre alguien alérgico a los picotazos, y la señora Thomas había dicho, «Diez segundos después de que le picara, el pobre Frank se hinchó como un globo. Si no hubiera tenido a mano su pequeño botiquín con la hipodérmica, se habría asfixiado hasta morir».

Trisha no se sentía asfixiada, pero las picaduras le dolían horriblemente, y se habían hinchado como globos, en efecto. La que tenía al lado del ojo había erigido un volcancito de tejido en erupción que hasta podía ver, y cuando lo tocó con los dedos, un relámpago de dolor cruzó su cabeza y la hizo llorar de desdicha. En realidad no era que estuviera llorando, pero aquel ojo no cesaba de verter lágrimas.

Trisha se examinó, moviendo las manos con cautela. Identificó al menos media docena de picaduras (pensó que en un lugar concreto, en el costado izquierdo por encima de la cadera, había por lo menos dos, o incluso tres; era donde más le dolía). Tenía toda la espalda rasguñada, y el brazo izquierdo, que había recibido la peor parte durante el final de su caída, era una redecilla de sangre desde la muñeca al codo. También sangraba el lado de su cabeza donde se le había hincado el tocón de la rama.

No es justo, pensó. No es j...

Entonces se le ocurrió una idea terrible... sólo que era algo más que una idea, era una certidumbre. Su walkman estaba roto, hecho añicos en la mochila. Seguro. No habría podido sobrevivir a la caída.

Trisha tiró de las hebillas de la mochila con dedos ensangrentados y temblorosos, y consiguió liberar por fin las correas. Sacó el gameboy, y en efecto, estaba destrozado, no quedaba nada de la ventana donde habían brincado las pequeñas figuras electrónicas, salvo algunas astillas de cristal amarillo. Además, la bolsa de patatas fritas había reventado y el interior del gameboy estaba cubierto de pedacitos grasientos.

Las dos botellas de plástico, la de agua y la de Surge, estaban melladas pero ilesas. La bolsa del almuerzo se había transformado en una masa uniforme (y cubierta con más fragmentos de patatas fritas), pero Trisha no se molestó en mirar dentro. Mi walkman, pensó, sin darse cuenta de que lloraba mientras abría la cremallera del bolsillo interior. Mi pobrecito walkman. Estar separada hasta de las voces del mundo humano se le antojaba más insoportable que cualquier otra cosa.

Metió la mano en el compartimiento y extrajo un milagro: el walkman, intacto. El cable de los auriculares estaba enredado, pero eso era todo. Sostuvo el walkman en la mano, y paseó una mirada incrédula entre el gameboy y el walkman. ¿Cómo era posible que uno estuviera intacto y el otro hecho trizas? ¿Cómo era posible?

«No lo es —la informó aquella odiosa y fría voz interior—. Parece intacto, pero por dentro está roto.»

Trisha desenredó el cable, se colocó los auriculares en los oídos y apoyó un dedo en el botón de mando. Había olvidado las picaduras, los cortes y los arañazos. Cerró sus párpados hinchados, para conseguir un poco de oscuridad.

—Dios mío, por favor —dijo—, no dejes que mi walkman se haya roto.

Entonces apretó el botón.

«Noticia de última hora», dijo la locutora. Era como si estuviera retransmitiendo desde la cabeza de Trisha. «Una mujer de Sanford que iba de excursión por una zona de Castle County de la Senda de los Apalaches con sus dos hijos, ha informado que su hija, la niña de nueve años Patricia McFarland, ha desaparecido y es muy posible que se haya perdido en los bosques que se encuentran al oeste del TR-90 y de la localidad de Motton.»

Trisha abrió los ojos de par en par y escuchó durante diez minutos más, mucho después de que la WCAS hubiera reincidido de nuevo, como alguien de malas costumbres inquebrantables, en la música country. Se había perdido en el bosque. Ya era oficial. Pronto ellos entrarían en acción, fueran quienes fueran esos «ellos», la gente, suponía, que mantenía los helicópteros preparados para volar y los sabuesos para olfatear. Su madre se habría llevado un susto de muerte... Trisha experimentó un pequeño estremecimiento de satisfacción cuando pensó en esa posibilidad.

No me vigilaron, pensó, muy farisea ella. Soy una niña pequeña y no me vigilaron bien. Además, si me da la tabarra diré: «No parabais de discutir y al final ya no lo pude aguantar». A Pepsi le gustaría eso, tan propio de V.C. Andrews.

Por fin, apagó el walkman, volvió a enrollar el cable, dio al aparato un beso impulsivo y lo devolvió con amoroso cuidado a la mochila. Echó un vistazo a la bolsa del almuerzo y decidió que no se sentía con fuerzas para mirar dentro y ver qué aspecto habían adoptado el bocadillo de atún y los Twinkies restantes. Demasiado deprimente. Menos mal que había comido el huevo antes de que se transformara en picadillo. Pensó que eso merecía una risita, pero al parecer se le habían agotado. El antiguo pozo de risitas, que su madre creía inagotable, se había secado, al menos de momento.

Trisha se sentó a la orilla del arroyo, que en aquel punto tenía menos de un metro de anchura, y comió desconsolada patatas fritas, primero de la bolsa reventada, después de la bolsa del desayuno, y por fin recuperó los fragmentos más pequeños del fondo de la mochila. Un enorme insecto zumbó ante su nariz y la niña se encogió, lanzó un grito y levantó una mano para proteger su cara, pero sólo era un tábano.

Por fin, con movimientos tan cansados como los de una mujer de sesenta años después de un duro día de trabajo (se sentía como una mujer de sesenta años después de un duro día de trabajo), Trisha devolvió todo a la mochila, incluso el gameboy destrozado, y se levantó. Antes de cerrarla, se quitó el capote y lo sostuvo ante ella. No le había servido de protección durante el descenso por la pendiente, y ahora estaba destrozado de una forma que hubiera parecido cómica en otras circunstancias (casi parecía una falda hawaiana de plástico azul), pero supuso que lo más prudente sería conservarlo. Al menos la protegería de los insectos, que habían vuelto a formar una nube alrededor de su cabeza. Había más mosquitos que nunca, sin duda atraídos por la sangre de su brazo. Debían de olerla.

—Aj —dijo Trisha, arrugó la nariz y agitó la gorra contra la nube de insectos—, qué desagradables sois.

Intentó decirse que debía estar agradecida por no haberse roto un brazo o fracturado el cráneo, y también de no ser alérgica a los picotazos como Frank, el amigo de la señora Thomas, pero era difícil sentirse agradecida cuando estabas asustada, rasguñada, hinchada y apalizada en general.

Se estaba poniendo los harapos de su capote, la mochila vendría a continuación, cuando miró al arroyo y observó que había mucho barro en las orillas, justo por encima del agua. Dobló una rodilla, dio un respingo cuando el cinturón de sus tejanos se aplastó contra las picaduras que tenía encima de la cadera, y recogió con el dedo un poco de aquella pasta gris marrón. ¿Probar o no probar?

—Bueno, mal no me puede hacer —suspiró, y aplicó el barro sobre la hinchazón de la cintura.

Su frescor era maravilloso, y el dolor disminuyó casi al instante. Embadurnó con cautela todas las picaduras a su alcance. Luego se secó las manos en los tejanos, se puso su capote deshilachado y cargó con la mochila. Por suerte, no se apoyaba sobre ninguna picadura. Trisha echó a caminar junto al arroyo de nuevo, y cinco minutos después penetró otra vez en el bosque.

Siguió el arroyo durante las cuatro horas siguientes, sin oír otra cosa que el canto de los pájaros y el incesante zumbido de los insectos. Lloviznó durante casi todo ese tiempo, y en un momento dado cayó un chaparrón que la caló hasta los huesos, pese a que se refugió bajo un gran árbol. Al menos no hubo rayos ni truenos.

Trisha nunca se había sentido más una niña de ciudad que aquel infausto día, mientras la tarde se encaminaba hacia la noche. Tuvo la impresión de que el bosque se cerraba a su alrededor. Durante un rato atravesó una extensión de altos pinos, y en aquel punto el bosque parecía casi amable, como salido de una película de Disney. Pero de pronto, el bosque se replegó sobre sí mismo y se encontró atrapada entre árboles pequeños y arbustos apelotonados (la mayoría provistos de espinos), y tuvo que abrirse paso entre ramas entrelazadas que amenazaban sus ojos y sus brazos. Daba la impresión de que su único propósito consistía en dificultarle el avance, y en tanto el cansancio daba paso al agotamiento, Trisha empezó a sospechar que poseían inteligencia, una conciencia astuta y maligna de aquella desconocida para el capote azul raído. Empezó a pensar que su deseo de arañarla (y con suerte, de reventarle un ojo) era secundario. Lo que realmente deseaban los arbustos era alejarla del arroyo, del camino que la conducía hacia otra gente, su billete de salida.

Trisha decidió que se resignaría a perder de vista el arroyo si el laberinto de árboles y arbustos se espesaba aún más, pero no renunciaría a su sonido. Si el rumor del arroyo se desvanecía, gateaba y reptaba bajo las ramas, en lugar de buscar un hueco para pasar. Gatear sobre la tierra húmeda era lo peor (en las pinadas, la tierra estaba seca y alfombrada de agujas, pero en los amasijos de arbustos siempre parecía húmeda). Su mochila se enredaba a veces con las ramas y los arbustos, y siempre, por espeso que fuera el bosque, la nube de mosquitos bailaba delante de su cara.

Comprendió por qué todo aquello le resultaba tan deprimente, tan espantoso, pero no supo verbalizarlo. Estaba relacionado con cosas cuyo nombre desconocía. Sabía algunas porque su madre se las había enseñado: los abedules, las hayas, los alisos, los abetos y los pinos; el martilleo hueco de un pájaro carpintero y el áspero graznido de los cuervos; el antipático sonido de los grillos cuando el día empezaba a oscurecer... pero ¿qué era todo lo demás? Si mamá se lo había dicho, Trisha ya no se acordaba, pero no creía que su madre se lo hubiera dicho. Pensó que su madre no era más que una chica de ciudad de Massachusetts, que había vivido en Maine un tiempo, aficionada a dar paseos por el bosque, y había leído algunas guías de la naturaleza. ¿Qué eran, por ejemplo, los espesos matorrales de hojas verdes y lustrosas? (Dios mío, ¿no será zumaque venenoso?) ¿O esos árboles pequeños de aspecto siniestro y tronco grisáceo? ¿O los árboles de hojas estrechas que colgaban? Los bosques que rodeaban Sanford, los bosques que su madre conocía y recorría (a veces con Trisha y a veces sola) eran bosques de juguete. Éste no era un bosque de juguete.

Trisha intentó imaginar cientos de personas que iban en su busca. Tenía una fértil imaginación, y al principio lo consiguió con facilidad. Vio grandes autobuses escolares amarillos con las palabras GRUPO DE BÚSQUEDA en las ventanillas, que frenaban en todos los aparcamientos de la parte occidental de Maine de la Senda de los Apalaches. Las puertas se abrían y vomitaban hombres con uniformes marrones, algunos con perros sujetos con correas, todos con transmisores portátiles sujetos al cinturón, algunos especiales provistos de megáfonos. Serían los que oiría primero, como la voz de Dios amplificada gritando: «PATRICIA MCFARLAND, ¿DÓNDE ESTÁS? ¡SI ME OYES, CAMINA HACIA MI VOZ!».

Pero a medida que las sombras se espesaban y juntaban las manos, sólo se oía el sonido del arroyo (ni más ancho ni más pequeño que cuando había caído por la pendiente a su lado) y el sonido de su respiración. Sus imágenes mentales de hombres uniformados se disiparon poco a poco.

No puedo pasar al raso toda la noche, pensó, nadie puede esperar que pase al raso toda la noche...

Sintió que el pánico se apoderaba de ella una vez más. Aceleraba los latidos de su corazón, secaba su boca, atormentaba sus ojos. Estaba perdida en el bosque, acorralada por árboles cuyo nombre desconocía, sola en un lugar donde su vocabulario de niña de ciudad no servía para nada, y en consecuencia estaba perdida con un estrecho margen de reconocimiento y reacción, en su mayor parte primitivos. De niña urbanita a niña cavernícola en un solo paso.

Tenía miedo de la oscuridad incluso cuando estaba en su habitación, con el resplandor de la farola de la calle que se filtraba por la ventana. Pensó que, si tenía que pasar la noche allí, se moriría de terror.

Una parte de su ser deseaba correr. Daba igual que la corriente de agua la condujera hasta la gente al final, todo eso eran idioteces propias de *La casa de la pradera*. Seguía el arroyo desde hacía kilómetros, y sólo la había llevado hacia más insectos. Quería huir de ellos, huir en cualquier dirección que no presentara dificultades. Huir y encontrar gente antes de que oscureciera. La idea era tan desquiciada que no la ayudó mucho. No alteró el dolor de sus ojos, desde luego (ni de las picaduras, que también le dolían), ni eliminó el sabor a cobre del miedo en su boca.

Trisha avanzó entre árboles tan juntos que casi estaban entrelazados, y salió a un pequeño claro en forma de media luna, donde el arroyo torcía a la izquierda. El claro, rodeado por arbustos y árboles, se le antojó un trozo de Edén. Hasta había un árbol caído que servía de banco.

Trisha se sentó sobre él, cerró los ojos y trató de rezar para que la rescataran. Pedir a Dios que su walkman no se hubiera roto había sido fácil, porque lo había hecho sin pensar. No obstante, rezar le resultó más difícil. Sus padres no eran devotos. Su madre era una católica no practicante, y su padre, por lo que Trisha sabía, nunca había practicado nada, y ahora se descubría perdida y sin vocabulario. Dijo el *Padrenuestro*, que surgió de su boca monótono e incómodo, tan útil como un abrelatas eléctrico en aquellos parajes. Abrió los ojos, paseó la vista alrededor, observó que la atmósfera estaba virando a gris y enlazó las manos con nerviosismo.

No recordaba haber hablado con su madre de temas espirituales, pero había preguntado a su padre, no hacía ni un mes, si creía en Dios. Estaban en el pequeño patio trasero de su padre, en Malden, comiendo los cucuruchos de helado que vendía el hombre de Sunny Treat, que aún pasaba en su camioneta blanca (pensar en Sunny Treat le dio ganas de llorar otra vez). Pete estaba «en el parque», como decían en Malden, haraganeando con sus antiguos amigos.

—Dios —había dicho papá, paladeando la palabra como si

fuera un nuevo sabor de helado, vainilla con Dios en lugar de vainilla con avellanas—. ¿Por qué lo preguntas, corazón?

Ella meneó la cabeza, porque no lo sabía. Ahora, sentada en el tronco caído, en aquel ocaso nublado de junio, se le ocurrió una idea aterradora: ¿Se lo habría preguntado porque algo en su interior había presagiado la odisea que se avecinaba? ¿Había decidido que iba a necesitar un pequeño Dios para sobrevivir, y la había iluminado?

—Dios —había dicho Larry McFarland, mientras lamía su helado—. Dios; bien, Dios...

Pensó un rato más. Trisha guardó silencio, en tanto observaba el pequeño patio de papá, que necesitaba una buena poda de césped, y le concedía todo el tiempo que necesitaba.

—Te diré en lo que creo —dijo el hombre por fin—. Creo en el Subaudible.

—¿Sub qué?

Le había mirado, sin saber si estaba bromeando. Su expresión no lo indicaba.

—El Subaudible. ¿Te acuerdas cuando vivíamos en Fore Street?

Pues claro que recordaba la casa de Fore Street. A tres manzanas de donde estaban, cerca del límite de Lynn. Una casa más grande que ésta, con un patio trasero más grande, cuyo césped papá siempre había segado. Cuando Sanford sólo existía para ir a ver a los abuelos y las vacaciones de verano y Pepsi Robichaud sólo era su amiga de verano y simular el ruido de pedos con el brazo doblado era lo más divertido del mundo... salvo los pedos de verdad, por supuesto. En Fore Street, la cocina no olía a cerveza rancia como la de esta casa. Asintió, pues lo recordaba muy bien.

—Aquella casa tenía calefacción eléctrica. ¿Te acuerdas de que los radiadores zumbaban, incluso cuando no funcionaba la calefacción? ¿Incluso en verano?

Trisha había sacudido la cabeza. Y su padre había asentido, como si esperara aquella reacción.

—Porque te acostumbraste —dijo—. Pero créeme, Trish, el sonido siempre estaba presente. Hay ruidos hasta en las casas que no tienen radiadores. La nevera se dispara y apaga. Las cañerías chasquean. Las tablas del suelo crujen. Pasa tráfico por delante. Todo el rato oímos cosas, pero casi nunca las escuchamos. Se convierten...

Indicó con un ademán que ella concluyera la frase, como había hecho desde que era muy pequeña, sentada en su regazo y empezando a leer. Aquel gesto tan querido.

—... en el Subaudible —dijo, no porque comprendiera del todo el significado de la palabra, sino porque era lo que él deseaba de ella.

—Preeecisamente —dijo, al tiempo que hacía otro ademán con el cucurucho. Un poco de vainilla cayó sobre una pernera de sus pantalones caqui, y Trisha se preguntó cuántas cervezas había bebido ya aquel día—. Preeecisamente, corazón, subaudible. No creo en ningún Dios pensante que gobierne la caída de todas las aves de Australia o todos los insectos de la India, un Dios que anote todos nuestros pecados en un gran libro dorado y nos juzgue cuando morimos. No quiero creer en un Dios que crea adrede personas malas, y luego las envía adrede a asarse en un infierno que Él ha creado... pero creo que ha de existir algo.

Había echado un vistazo a su jardín, con su hierba demasiado crecida, el pequeño conjunto de columpio y tobogán que había montado para su hijo y su hija (Pete ya era demasiado mayor para utilizarlos, y Trisha también, aunque de vez en cuando se columpiaba o tiraba por el tobogán, sólo para complacerle), los dos enanos de terracota (uno apenas visible entre el extravagante despliegue de malas hierbas), la valla que necesitaba una urgente capa de pintura. En aquel momento le había parecido viejo. Un poco confuso. Un poco asustado (un poco perdido en el bosque, pensó, sentada sobre el tronco caído con la mochila entre las zapatillas). Después, papá asintió y la miró.

—Sí, algo. Algún tipo de fuerza bondadosa inconsciente. ¿Sabes qué quiere decir «inconsciente»?

Trisha había asentido, aunque no lo sabía con exactitud, pero no quería que se parara a explicárselo. No quería que le diera lecciones, hoy no. Sólo quería aprender de él.

—Creo que existe una fuerza que salva a los adolescentes borrachos, casi todos los adolescentes borrachos, de estrellarse con sus coches cuando vuelven a casa de la fiesta de graduación o de su primer concierto de rock. Que salva a casi todos los aviones de estrellarse, incluso cuando algo no funciona. No a todos, sólo a la mayoría. Mira, el hecho de que nadie haya utilizado un arma nuclear contra seres vivos desde 1945 sugiere que algo nos protege. Alguien lo hará tarde o temprano, por supuesto, pero más de medio siglo... es mucho tiempo.

Hizo una pausa, miró los enanos, con sus rostros joviales e inexpresivos.

—Hay algo que nos salva a casi todos de morir mientras dormimos. No se trata de un Dios perfecto, omnipotente y omnipresente, no hay ninguna prueba que lo demuestre, pero sí una fuerza.

—El Subaudible.

—Lo has entendido.

Lo había entendido, pero no le había gustado. Era como recibir una carta que crees interesante e importante, pero la abres y va dirigida a «Estimado Inquilino».

—¿Crees en algo más, papá?

—Oh, en lo acostumbrado. La muerte, los impuestos y que eres la niña más guapa del mundo.

—¡Papá!

Rió y se retorció cuando él la abrazó y besó en la cabeza. Le gustó su contacto y su beso, pero no su olor a cerveza.

La soltó y se levantó.

—También creo que es hora de tomar una cerveza. ¿Quieres té helado?

—No, gracias —dijo, y tal vez algún mecanismo presciente se había disparado, porque dijo, cuando él empezaba a alejarse—: ¿Crees en algo más? En serio.

Su sonrisa se había convertido en una expresión seria. Se quedó pensativo (sentada en el tronco, recordó que la había halagado el hecho de que se concentrara tanto para responder a su pregunta), y el helado empezó a gotear sobre su mano. Luego, levantó la cabeza y sonrió de nuevo.

—Creo que tu adorado Tom Gordon puede salvar cuarenta partidos este año —dijo—. Creo que en este momento es el mejor cerrador de las ligas profesionales, que si no se lesiona y los Sox mantienen su ritmo, podría lanzar en las Series Mundiales de octubre. ¿Te basta con eso?

—¡Siiiii! —había gritado ella, riendo, olvidada su seriedad, porque en realidad adoraba a Tom Gordon, y quería a su padre por saberlo y tomarlo con humor, en lugar de burlarse de ella. Había corrido hacia él, le había abrazado con todas sus fuerzas, manchándose la camisa de helado, pero no le importó. ¿Qué era un poco de Sunny Treat entre amigos?

Ahora, sentada bajo una luz cada vez más grisácea, mientras escuchaba el goteo del agua en el bosque, veía los árboles desdibujarse y adoptar formas que pronto se convertirían en amenazadoras, aguzaba el oído por si escuchaba gritos amplificados («¡MUÉVETE HACIA EL SONIDO DE MI VOZ!») o el lejano ladrido de los perros, pensó. No puedo rezar al Subaudible, pensó. No puedo. Tampoco podía rezar a Tom Gordon, sería ridículo, pero quizá podría oírle jugar... y contra los Yankees. La WCAS iba a transmitir el partido. Tenía que conservar las pilas, lo sabía, pero podría escuchar un ratito, ¿no? Y quién sabe, igual escuchaba aquellas voces amplificadas y los ladridos de los perros antes de que terminara el partido.

Abrió la mochila, extrajo con reverencia el walkman y se puso los auriculares. Vaciló un momento, convencida de repente de que la radio ya no funcionaba, de que algún cable vital se había soltado durante la caída, y esta vez sólo habría silencio cuando apretara el botón. Era una idea estúpida, tal vez, pero en un día en que todo se había torcido también parecía una idea horriblemente plausible.

¡Venga, venga, no seas cobardica!

Oprimió el botón y, como un milagro, la voz de Jerry Trupiano llenó su cabeza, y aún más importante, los sonidos de Fenway Park. Estaba sentada en un bosque oscuro, perdida y sola, pero podía oír a treinta mil personas. Era un milagro.

«... al final de dos entradas y media, los Yankees siguen ganando a los Red Sox por dos a cero.»

Una voz cantarina indicó a Trisha que llamara al 1-800-54-GIANT si quería que le repararan el coche, pero no la escuchó. Ya se habían jugado dos entradas y media, lo cual significaba que debían de ser las ocho. Al principio le resultó asombroso, pero después, teniendo en cuenta la escasa luz, no le costó creerlo. Llevaba sola diez horas. Se le antojó una eternidad. A la vez, parecía que el tiempo se hubiera detenido.

Trisha ahuyentó a los insectos (el gesto había llegado a ser tan automático que ni siquiera se daba cuenta cuando lo repetía), y después investigó la bolsa del almuerzo. El bocadillo de atún no se encontraba en tan mal estado, aplastado y roto en pedazos, pero aún reconocible como bocadillo. La bolsa lo había protegido. El restante Twinkie, no obstante, se había transformado en lo que Pepsi Robichaud habría llamado «desastre total».

Trisha comió la mitad del bocadillo mientras escuchaba el partido. Despertó su apetito, y podría haber comido la otra mitad sin la menor dificultad, pero la devolvió a la bolsa y comió en cambio el Twinkie, recogiendo con un dedo la crema que lo rellenaba. Cuando recuperó todo cuanto pudo con el dedo, lamió el papel hasta dejarlo limpio. Guardó el envoltorio en la bolsa del almuerzo. Se permitió tres grandes sorbos más de Surge, y después buscó más restos de patatas fritas con la punta de un dedo mugriento, mientras los Red Sox y los Yankees jugaban el resto de la tercera y la cuarta.

A mitad de la quinta los Yankees ganaban por cuatro a uno, y Jim Corsi había sustituido a Martínez. Larry McFarland sentía una profunda desconfianza hacia Corsi. En una ocasión, mientras hablaba de béisbol con Trisha por teléfono, había dicho: «No olvides mis palabras, corazón. Jim Corsi no es amigo de los Red Sox». Trisha se echó a reír, no pudo evitarlo. Lo había dicho con tanta solemnidad. Y al cabo de un rato, papá también se había echado a reír. Se había convertido en una frase de complicidad entre ellos, como un santo y seña: «No olvides mis palabras, corazón. Jim Corsi no es amigo de los Red Sox».

Al principio de la sexta, Corsi eliminó a los tres primeros bateadores de los Yankees. Trisha sabía que debía apagar la radio para ahorrar pilas, Tom Gordon no iba a lanzar en un partido en que los Red Sox perdían por tres carreras, pero no podía soportar la idea de desconectarse de Fenway Park. Escuchaba el murmullo de voces de fondo con más atención que a los locutores, Jerry Trupiano y Joe Castiglione. Había gente allí, gente que comía perritos calientes y bebía cerveza y hacía cola para comprar recuerdos y helados y comida china. Miraron a Darren Lewis (DeeLu, le llamaban a veces los locutores) cuando entró en el área del bateador. Las brillantes hileras de focos proyectaron su sombra detrás de él, a medida que anochecía. No podía soportar la idea de cambiar aquellas treinta mil voces murmurantes por el zumbido de los mosquitos (más numerosos a medida que anochecía), el goteo del agua de lluvia que caía de las hojas, el chirrido de los grillos... y los demás sonidos que hubiera.

Eran esos otros sonidos los que más temía.

Los otros sonidos en la oscuridad.

DeeLu bateó un sencillo a la derecha, y un out después Mo Vaughn bateó un slider que no erró.

«¡Atrás atrás atrás! —canturreó Troop—. ¡Va al descansadero de los Red Sox! Alguien, creo que Rich Garcés, la ha cogido en el aire. ¡Home run de Mo Vaughn! Es su duodécimo en lo que va de año, y la ventaja de los Yankees se reduce a una carrera.»

Trisha rió y aplaudió, sentada en el tronco, y después se encasquetó la gorra firmada por Tom Gordon. La oscuridad era ya absoluta.

Al final de la octava, Nomar Garciaparra se anotó un home run de dos carreras. Los Red Sox ganaban por cinco a cuatro, y Tom Gordon salió para lanzar al principio de la novena.

Trisha bajó al suelo. El tronco arañó las picaduras de su cadera, pero apenas se dio cuenta. Los mosquitos se aposentaron al instante sobre su espalda desnuda, aprovechando que se le habían subido la camisa y los restos del capote, pero no los sintió. Echó un vistazo al último destello de luz sobre el arroyo y se sentó sobre la tierra húmeda, con los dedos apretados sobre las comisuras de la boca. De pronto consideró muy importante que Tom Gordon conservara la ventaja de una carrera, que asegurara la victoria contra los poderosos Yankees, que habían perdido un par de partidos para Anaheim al principio de la temporada, y desde entonces casi no habían vuelto a perder.

—Venga, Tom —susurró.

En su habitación de un hotel de Castle View, su madre estaba padeciendo una agonía de terror; su padre, a bordo de un avión de la Delta, volaba desde Boston a Portland para reunirse con Quilla y su hijo; en el cuartel de la policía estatal de Castle Point, que había sido designado Punto de Reunión Patricia, partidas de búsqueda muy parecidas a las que la niña perdida había imaginado regresaban después de sus infructuosas salidas;

ante el cuartel había aparcadas camionetas de tres emisoras de televisión de Portland y dos de Portsmouth; tres docenas de guardabosques experimentados (algunos acompañados por perros) seguían en los bosques de Motton y de los tres municipios segregados que se extendían hacia New Hampshire: TR-90, TR-100 y TR-110. Los exploradores que continuaban en el bosque habían llegado a la conclusión de que Patricia McFarland debía seguir en Motton o en el TR-90. Al fin y al cabo, era una niña pequeña, y no se habría alejado mucho del lugar en que había sido vista por última vez. Aquellos guías experimentados, guardabosques y hombres del Servicio Forestal se habrían quedado estupefactos de haber sabido que Trisha se había alejado casi catorce kilómetros al oeste de la zona que los buscadores consideraban su máxima prioridad.

—Venga, Tom —susurró—. Venga, Tom, tú eres el mejor.

Pero esta noche no. Gordon abrió el principio de la novena dando la base por bolas al apuesto pero peligroso interbase de los Yankees, Derek Jeter, y Trisha recordó algo que su padre le había dicho: cuando un equipo le da la base por bola al primer bateador, sus posibilidades de anotar un tanto aumentan en un setenta por ciento.

Si ganamos, si Tom nos salva, yo también me salvaré. Esta idea se le ocurrió de repente. Fue como si fuegos artificiales hubieran estallado en su cabeza.

Era una estupidez, por supuesto, como cuando su padre tocaba madera antes de una jugada decisiva (cosa que hacía siempre), pero a medida que la oscuridad era más profunda y el arroyo apagaba su último brillo dorado, también la consideró irrefutable, tan evidente como que dos y dos son cuatro: si Tom Gordon les salvaba, ella se salvaría.

Paul O'Neill bateó un globo sobre el cuadro. Uno eliminado. Bernie Williams salió.

«Siempre es un bateador peligroso», comentó Joe Castiglione, y Williams lanzó de inmediato un sencillo al centro del campo, e impulsó a Jeter a la tercera.

—¿Por qué has dicho eso, Joe? —gimió Trisha—. Caray, ¿por qué has dicho eso?

Corredores en la primera y la tercera, sólo un out. Los espectadores aplaudieron, esperanzados. Trisha los imaginó inclinados hacia delante en sus asientos.

—Venga, Tom, venga, Tom —susurró.

Seguía rodeada por la sempiterna nube de insectos, pero ya no se daba cuenta. Una sensación de desesperación tocó su corazón, fría e intensa: era como la voz odiosa que había descubierto en el centro de su cabeza. Los Yankees eran demasiado buenos. Un batazo válido empataría el partido, una bola larga lo pondría fuera de su alcance, y el temible Tino Martínez estaba arriba, con el bateador más peligroso justo detrás de él. El Hombre de Paja estaría ahora con una rodilla hincada en el círculo de espera, dando vueltas al bate y observando.

Gordon lanzó su curva.

«¡Le ha ponchado! —gritó Joe Castiglione. Era como si no pudiera creerlo—. ¡Ha sido genial! ¡Martínez ha fallado por un pie!»

«Dos pies», añadió Troop.

«Llega el momento decisivo —dijo Joe, y detrás de su voz se oyó el volumen de otras voces, las voces de los aficionados. Empezaron los aplausos rítmicos. Los fieles de Fenway se habían puesto en pie como una congregación religiosa a punto de cantar un himno—. Con una ventaja de una carrera para los Red Sox, Tom Gordon en el montículo y...»

—No lo digas —susurró Trisha, con las manos apretadas contra la boca—. ¡No te atrevas a decirlo!

Pero lo hizo.

«Y el siempre peligroso Darryl Strawberry se acerca a la base.»

Ya estaba. Se había terminado el partido. El gran Satán Joe Castiglione había abierto la boca y la había fastidiado. ¿Por qué no se había limitado a anunciar el nombre de Strawberry? ¿Por qué tenía que empezar con aquella chorrada de «siempre peligroso», cuando hasta un idiota sabía que eso les convertía en peligrosos?

«Muy bien, que todo el mundo se abroche los cinturones —dijo Joe—. Strawberry ladea el bate. Jeter está bailando alrededor de la tercera, intentando atraer un lanzamiento o, al menos, la atención de Gordon. Ni lo uno ni lo otro. Gordon mira. Veritek hace la señal. Hacia el conjunto. Gordon lanza... Strawberry falla, strike uno. Strawberry menea la cabeza, como disgustado...»

«No debería estarlo, ha sido un lanzamiento muy bueno —comentó Troop, y Trisha, sentada en el culo del mundo, pensó: Cierra el pico, Troop, ciérralo por un rato.»

«Straw sale del cajón... Golpea el bate contra los tacos de las botas... Ahora vuelve. Gordon mira a Williams en la primera... Adopta posición de set... Lanza. Hacia fuera y bajo.»

Trisha gimió. Tenía los dedos tan hundidos en las mejillas que se había levantado los labios en una extraña sonrisa aturdida. El corazón martilleaba en su pecho.

«Ahí vamos de nuevo —dijo Joe—. Gordon está preparado. Lanza, Strawberry conecta un batazo largo hacia el jardín derecho, y si la pelota se mantiene en la zona buena irá fuera, pero abre... se abre... se abreeee...»

Trisha esperó, conteniendo el aliento.

«La zona mala —dijo Joe por fin, y Trisha empezó a respirar de nuevo—. Pero ha ido por los pelos. Strawberry acaba de fallar un home run de tres carreras. Pasó por el lado malo del poste de foul por no más de seis u ocho pies.»

«Yo diría unos cuatro pies», añadió Troop.

—Apuesto a que tus pies apestan —susurró Trisha—. Venga, Tom, venga, por favor.

Pero no lo conseguiría. Lo sabía con seguridad.

De todos modos, le veía. No tan alto y bien parecido como Randy Johnson, no tan bajo y corpulento como Rich Garcés. Estatura mediana, esbelto... y guapo. Muy guapo, sobre todo con la gorra puesta, que le protegía los ojos del sol..., pero su padre había dicho que casi todos los jugadores de béisbol eran guapos.

—Es cosa de los genes —le había dicho, y añadió—: Muchos tienen la sesera vacía, por supuesto, pero igual se la encasquetan.

Pero lo importante no era el aspecto de Tom Gordon, sino la inmovilidad que adoptaba antes de lanzar. Eso había atraído la atención y la admiración de Trisha. No daba vueltas alrededor del montículo como algunos, ni se agachaba para juguetear con las zapatillas, ni recogía el saquito de resina para tirarlo hacia atrás de forma que levantara una nubecilla de polvo blanco. No, el número 36 se limitaba a esperar absolutamente inmóvil, con su uniforme blanco, a que el bateador terminara sus rituales y estuviera preparado. Y después, por supuesto, estaba lo que hacía cuando conseguía el tanto. Eso que hacía cuando abandonaba el montículo. A Trisha le encantaba.

«Gordon lanza... ¡y da un piconazo! Veritex ha bloqueado la pelota con su cuerpo y eso ha salvado la carrera. La carrera del empate.»

«¡El público se ha quedado de una pieza!», dijo Troop.

Joe ni siquiera intentó llevarle la contraria.

«Gordon respira hondo. Strawberry se prepara. Gordon gira..., lanza... alto.»

Una tormenta de abucheos estalló en los oídos de Trisha, como un huracán.

«Unas treinta mil personas no han estado de acuerdo con eso, Joe», comentó Troop.

«Cierto, pero Larry Barnett tiene la última palabra y Barnett ha dicho que salió alta. La cuenta se cierra para Darryl Strawberry. Tres y dos.

Se oyeron de fondo las rítmicas palmadas de los aficionados. Sus voces llenaban el aire y su cabeza. Tocó el tronco sin darse cuenta de lo que hacía.

«El público se ha puesto en pie —dijo Joe Castiglione—, las treinta mil personas, porque nadie ha abandonado el campo esta noche.»

«Tal vez una o dos», dijo Troop. Trisha no le hizo ningún caso. Ni Joe.

«Gordon presenta bola.»

Sí, pudo imaginarle sin problemas, con las manos juntas, sin mirar directamente a la base de meta, sino por encima de su hombro izquierdo.

«Gordon inicia el movimiento.»

También pudo ver esto: el pie izquierdo retrocediendo hacia el derecho plantado en tierra, mientras las manos (una enguantada, la otra sosteniendo la pelota) se alzaban hasta el esternón. Incluso pudo ver a Bernie Williams corriendo hacia la segunda, pero Tom Gordon no se dio cuenta, e incluso en movimiento conservó su inmovilidad esencial, con los ojos clavados en la mascota de Jason Veritek, agachado detrás de la base e inclinado hacia la esquina exterior.

«Gordon lanza... y...»

El repentino estallido de júbilo de la multitud informó a Trisha.

«¡Strike tres cantado! —Joe casi chillaba—. ¡Oh, Dios mío, ha dejado petrificado a Strawberry! Los Red Sox ganan por cinco a cuatro a los Yankees y Tom Gordon consigue su decimoctavo salvado. —Su voz adoptó un registro más normal—. Los compañeros de Gordon se dirigen hacia el montículo con Mo Vaughn al frente de la carga, agitando el puño en el aire, pero antes de que Vaughn llegue, Gordon hace el ademán, el que sus admiradores han llegado a conocer tan bien en el escaso tiempo que lleva siendo el cerrador de los Sox.»

Trisha estalló en lágrimas. Apagó el walkman y siguió sentada sobre la tierra mojada, con la espalda apoyada contra el tronco y las piernas abiertas. Lloró aún con más sentimiento que nunca cuando comprendió que se había perdido, pero esta vez lloraba de alivio. Estaba perdida, pero la encontrarían. Estaba segura. Tom Gordon había salvado a su equipo, y ella también se salvaría.

Sin dejar de llorar, se quitó el capote, lo extendió sobre el suelo, bajo el árbol caído, y se arrastró hasta tenderse sobre el plástico. Lo hizo casi sin ser consciente de sus movimientos. La mayor parte de su ser continuaba todavía en Fenway Park, viendo al árbitro llamar a Strawberry, viendo a Mo Vaughn correr hacia el montículo para felicitar a Tom Gordon; vio a Nomar Garciaparra acudir al trote desde la primera base, a John Valentin desde la tercera, y a Mark Lemke desde la segunda para hacer lo mismo. Pero antes de que llegaran, Gordon hizo lo que siempre hacía cuando aseguraba un partido: señalar al cielo. Un rápido movimiento del dedo.

Trisha guardó el walkman en la mochila, pero antes de apoyar la cabeza sobre el brazo extendido, señaló un momento al cielo, como Gordon hacía. ¿Por qué no? Al fin y al cabo, algo la había ayudado a sobrevivir a aquel día, por horrible que hubiera sido. Y cuando señalabas, ese algo se te antojaba Dios. Al fin y al cabo, no podías señalar a la mala suerte o al Inaudible.

El gesto consiguió que se sintiera mejor y peor al mismo tiempo. Mejor porque parecía más una oración que si la hubiera verbalizado en voz alta, y peor porque se sentía sola por primera vez en todo el día. Tom Gordon había conseguido que se sintiera más perdida que nunca. Las voces que habían surgido de los auriculares del walkman y llenado su cabeza se le antojaban ahora un sueño, voces de fantasmas. Se estremeció, pues no deseaba pensar en fantasmas allí, en el bosque, acurrucada bajo un árbol caído, en la oscuridad. Echaba de menos a su madre. Aún más, deseaba ver a su padre. Él sabría sacarla de aquí, la cogería de la mano y la conduciría a un lugar seguro. Y si se cansaba de andar, la llevaría en brazos. Tenía músculos fuertes. Cuando Pete y ella iban a pasar el fin de semana con él, la cogía en brazos el sábado por la noche y la llevaba a su habitación. Lo hacía aunque tuviera nueve años (y fuera grande para su edad). Era el mejor momento de sus fines de semana en Malden.

Trisha descubrió, con una especie de asombro abyecto, que también echaba de menos al incordio de su hermano.

Se quedó dormida entre sollozos. Los insectos revolotearon a su alrededor en la oscuridad, cada vez más cerca. Por fin, empezaron a posarse sobre su piel, y se dieron un festín con su sangre y su sudor.

Una bocanada de aire estremeció el bosque, agitó las hojas, desprendió de ellas las últimas gotas de lluvia. Al cabo de un par de segundos, el aire se inmovilizó. Después, la inmovilidad sufrió una alteración. En el profundo silencio se oyó el ruido de ramitas al romperse. A continuación, se produjo una pausa, seguida por el repentino movimiento de unas ramas y un sonido áspero. Un cuervo graznó alarmado. Se hizo otra pausa, y después los sonidos se reanudaron, acercándose al lugar donde Trisha dormía con la cabeza apoyada en el brazo.

FINAL DE LA CUARTA

Estaban detrás de la casita de su padre en Malden, solos los dos, sentados en oxidadas sillas de tijera, aposentadas sobre hierba que había crecido demasiado. Los gnomos parecían mirarla con una sonrisa enigmática y desagradable. Estaba llorando porque papá se había portado mal con ella. Nunca se portaba mal con ella, siempre la abrazaba y besaba en la cabeza y la llamaba «corazón», pero ahora se estaba portando mal, y todo porque ella no quería abrir la trampilla del sótano, bajo la ventana de la cocina, bajar cuatro peldaños y coger una lata de cerveza de la caja que guardaba allí para que estuvieran frescas. Estaba tan disgustada que sin duda le había salido una erupción en la cara, porque le picaba. Y los brazos también.

—Niña mala, papá se ha ido de caza —dijo papá, inclinado hacia ella, y Trisha percibió su aliento. No necesitaba otra cerveza: ya estaba borracho, y su aliento olía a levadura y a ratones muertos—. ¿Por qué eres tan cobardica? No tienes ni una gota de sangre fría.

Sin dejar de llorar, pero decidida a demostrarle que tenía sangre fría (un poco, al menos), se levantó de la oxidada silla y se acercó a la todavía más oxidada trampilla. Oh, le picaba todo el cuerpo, y no quería abrir aquella puerta porque había algo horrible al otro lado. Hasta los gnomos lo sabían, bastaba con ver sus sonrisas astutas para darse cuenta. No obstante, cogió el tirador, mientras papá se burlaba de ella con aquella horrible voz extraña, y la animaba a seguir, sigue, niña mala, sigue, corazón, sigue, tesoro, sigue y hazlo.

Alzó la trampilla y los peldaños que bajaban al sótano habían desaparecido. El pozo de la escalera había desaparecido. Su lugar lo ocupaba un monstruoso avispero. Cientos de avispas, fábricas de veneno regordetas y desmañadas, que se lanzaron hacia ella. No había tiempo para huir, todas la picarían a la vez y moriría, con la piel cubierta de avispas que se meterían en sus ojos y en su boca, llenarían de veneno su boca mientras descendían por la garganta...

Trisha pensó que estaba chillando, pero cuando se golpeó la cabeza contra el tronco, de forma que trocitos de corteza y musgo cayeron sobre su cabello sudado y la despertaron, sólo oyó una serie de gemidos tenues. Era lo máximo que permitía su garganta estrangulada.

Por un momento se sintió desorientada por completo, se preguntó por qué la cama era tan dura, contra qué se había golpeado la cabeza... ¿Era posible que se hubiera caído de la cama? Y su piel, en efecto, hormigueaba, debido al sueño del que acababa de escapar, oh Dios, qué terrible pesadilla.

Se golpeó la cabeza otra vez y la realidad empezó a imponerse. No estaba en su cama ni debajo de ella. Estaba en el bosque, perdida en el bosque. Se había dormido debajo de un árbol y su piel aún hormigueaba. No debido al miedo sino porque...

—¡Marchaos, bastardos, marchaos! —gritó con voz aguda y asustada, y agitó las manos frenéticamente.

La mayoría de mosquitos abandonaron su piel y volvieron a formar la nube. La sensación de hormigueo desapareció, pero el terrible picor persistió. No había avispas, pero la habían aguijoneado sin piedad. Picada mientras dormía por todos los insectos de la zona, que habían hecho un alto en el camino para saborear su sangre. Le escocía todo. Y necesitaba mear.

Salió a rastras de debajo del tronco, jadeante y encogida. Tenía el cuerpo dolorido debido a la caída por la pendiente, en especial el cuello y el hombro izquierdo, y el brazo izquierdo y la pierna izquierda, extremidades sobre las que se había tumbado, estaban entumecidos. Tiesos como palos, habría dicho su madre. Los adultos (al menos los de su familia) tenían un dicho para todo: tieso como un palo, contento como unas pascuas, vivaracho como una ardilla, sordo como una tapia, oscuro como boca de lobo, muerto como...

No, no quería pensar en ése, ahora no.

Intentó ponerse en pie pero no lo consiguió, de modo que se arrastró hacia el claro en forma de media luna. Mientras se movía, el brazo y la pierna empezaron a despertarse: aquel hormigueo tan desagradable.

—Maldición —graznó, sobre todo para oír el sonido de su voz—. Está oscuro como boca de lobo.

Sólo que, cuando se detuvo junto al arroyo, se dio cuenta de que no era así. La fría luz de la luna iluminaba el claro con suficiente intensidad para arrojar una sólida sombra detrás de ella y crear destellos en el agua de su arroyo. El objeto que reinaba en el cielo era una piedra plateada algo deforme, casi demasiado brillante para mirarla... pero Trisha miró de todos modos, con aire solemne en su cara hinchada. La luna era tan brillante que había condenado a la mayoría de estrellas a la invisibilidad, y algo en ella, o tal vez el hecho de mirarla desde donde estaba, la hizo consciente de su soledad. Su anterior convicción de que se salvaría porque Tom Gordon había dado la victoria a su equipo había desaparecido. Era como tocar madera, tirar sal por encima del hombro o persignarse antes de entrar en la base del bateador, como siempre hacía Nomar Garciaparra. Aquí no había cámaras, repetición instantánea de jugadas o aficionados jubilosos. La cara fría y hermosa de la luna le sugirió que el Subaudible era, en fin de cuentas, la teoría más plausible, un Dios ignorante de que era Dios, al que no interesaban las niñas perdidas, al que no interesaba nada, un Dios abúlico cuya mente era como una nube de insectos, y cuyo ojo era la luna absorta e inexpresiva.

Trisha se agachó sobre el arroyo para mojarse la cara, vio su reflejo y gimió. La picadura de avispa que tenía en el pómulo izquierdo se había inflamado aún más (tal vez se la había rascado o rozado mientras dormía), y había estallado a través del barro con que la había cubierto como un volcán que se abre paso entre la lava petrificada de su anterior erupción. Había deformado su ojo, que aparecía torcido y monstruoso, como esos ojos que te obligan a desviar la vista si los ves acercarse a ti (por lo general en la cara de un retrasado mental) por la calle. El resto de su cara estaba igual de mal, o aún peor: apelmazada donde la habían picado, sólo hinchada donde cientos de mosquitos se habían dado el festín mientras dormía. El agua conservaba una relativa inmovilidad cerca de la orilla y Trisha vio en su reflejo que un último mosquito seguía pegado a ella, en la comisura de su ojo derecho, demasiado torpe incluso para extraer su trompa de la piel. Otro de aquellos dichos de adultos le vino a la cabeza: demasiado atiborrado para saltar.

Lo golpeó y el mosquito estalló, su propia sangre le salpicó en el ojo. Trisha reprimió un chillido, pero un tembloroso sonido de asco *(mmmmmhh)* escapó de sus labios apretados. Contempló incrédula la sangre que manchaba sus dedos. ¡Un solo mosquito había chupado tanta! ¡Era increíble!

Metió las manos en el agua y se lavó la cara. No bebió, pues recordaba algo acerca de que el agua de los bosques podía sentarte mal, pero sentirla sobre su piel febril fue maravilloso, un tacto como de raso frío. Recogió más, se humedeció el cuello y mojó los brazos hasta el codo. Luego recogió barro y se lo aplicó, esta vez no sólo en las picaduras, sino por todas partes, desde el cuello hasta la raíz del cabello. Mientras lo hacía, pensó en un episodio de *El show de Lucy* que había visto en la tele. Lucy y Ethel estaban en el salón de belleza, con aquellas mascarillas de caolín tan curiosas de 1958, y Desi entraba, las miraba y decía: «Eh, Lucy, ¿cuál de las dos es judía?», y el público se desternillaba. Debía de tener un aspecto similar, pero a Trisha le daba igual. No había público, ni carcajadas en *off*, y ya no podía aguantar más picaduras. Se volvería loca.

Se aplicó un poco de barro en los párpados y después se agachó para mirar su reflejo. Lo que vio en las aguas calmas fue a una niña andrajosa embadurnada de barro a la luz de la luna. Su cara era de un gris pastoso, como el rostro pintado en alguna vasija descubierta en una excavación arqueológica. Su cabello era una masa informe mugrienta. Sus ojos estaban blancos, húmedos y asustados. No tenía aspecto divertido, como Lucy y Ethel en su salón de belleza. Parecía muerta. Muerta y mal amortajada, o como se dijera.

—Entonces —canturreó Trisha a la cara reflejada en el agua— el negrito Sambo dijo: «Por favor, tigres, no me arranquéis mi traje nuevo».

Claro que eso tampoco era divertido. Untó de barro sus brazos y bajó las manos hacia el agua, con la intención de lavarlos. Pero era una estupidez. Los malditos mosquitos la picarían si lo hacía.

Las agujetas casi habían desaparecido de su brazo y su pierna. Trisha consiguió acuclillarse y orinar. Pudo erguirse y caminar, aunque una mueca de dolor deformaba su cara cada vez que ladeaba la cabeza. Supuso que sufría una especie de latigazo cervical, como el que padeció la señora Chetwynd, una vecina, cuando un anciano había chocado con su coche por detrás cuando estaba parada ante un semáforo. El viejo no se había hecho el menor daño, pero la pobre señora Chetwynd tuvo que llevar un collarín durante seis semanas. Quizá le pondrían un collarín cuando saliera de esto. Quizá la llevarían a un hospital en un helicóptero con una cruz roja en la panza, como en *MASH*, y...

«Olvídalo, Trisha. —Era la voz aterradora, que tan bien conocía ya—. No te hará falta ningún collarín. Ni tampoco un helicóptero.»

—Cierra el pico —murmuró, pero la voz no desistió.

«Ni siquiera te amortajarán, porque nunca te encontrarán. Morirás aquí, vagarás por estos bosques hasta que mueras, y los animales devorarán tu cuerpo putrefacto, y algún día aparecerá un cazador y encontrará tus huesos.»

Era una teoría tan terriblemente plausible (había oído historias similares en los telediarios, no una sino varias veces), que se echó a llorar de nuevo. Su imaginación materializó al cazador, un hombre vestido con un chaquetón de lana roja y una gorra naranja, un hombre necesitado de un afeitado. Buscaba un lugar donde guarecerse y acechar la aparición de un ciervo, o tal vez sólo quería orinar. Ve algo blanco y al principio piensa: Sólo es una piedra. Pero cuando se acerca ve que la piedra tiene cuencas oculares.

—Basta —susurró, mientras regresaba hacia el tronco caído y los restos dispersos del capote (había llegado a odiarlo; no sabía por qué, pero daba la impresión de simbolizar todo cuanto le había sucedido)—. Basta, por favor.

La fría voz no calló. La fría voz tenía algo más que decir. Una última cosa, al menos.

«O tal vez no morirás. Tal vez la cosa que anda al acecho te matará y devorará.»

Trisha se detuvo junto al árbol caído, agarró con una mano los restos de una pequeña rama muerta, y paseó una nerviosa mirada en derredor. Desde que había despertado, sólo había podido pensar en sus espantosos picores. Ahora, el barro los había suavizado, así como el dolor de las picaduras de avispa, y tomó conciencia una vez más de dónde estaba: en el bosque, sola y de noche.

—Al menos hay luna —dijo, de pie al lado del árbol, mientras echaba un vistazo al claro.

Parecía todavía más pequeño, como si los árboles y la maleza hubieran estrechado el cerco mientras dormía. Como si hubieran estrechado el cerco con sigilo.

La luz de la luna no la tranquilizaba tanto como había supuesto al principio. Iluminaba el claro, cierto, pero era un brillo engañoso que dotaba a todas las cosas de un aspecto real e irreal al mismo tiempo. Las sombras eran demasiado negras, y cuando la brisa agitaba los árboles, las sombras se alteraban de una manera inquietante.

Algo emitió una risita burlona en el bosque, pareció atragantarse, rió de nuevo y enmudeció.

Un búho ululó en la distancia.

Más cerca, una rama se partió.

¿Qué fue eso?, pensó Trisha, mientras se volvía hacia la dirección del sonido. Su corazón empezó a acelerarse. De un momento a otro se desbocaría, y ella le imitaría, presa del pánico, corriendo como un ciervo acorralado en un incendio forestal.

—Nada, no ha sido nada —dijo en voz baja y rápida... una voz muy parecida a la de su madre, aunque ella no lo sabía.

Tampoco sabía que en una habitación de motel, a 45 kilómetros de donde ella se encontraba, su madre había despertado de un sueño inquieto, convencida de que algo espantoso le había ocurrido a su hija, o estaba a punto de ocurrirle.

«Es lo que has oído, Trisha —dijo la fría voz. Su tono aparentaba ser triste, pero era indeciblemente jubiloso en el fondo—. Viene a por ti. Ha captado tu olor.»

—No existe ninguna cosa —dijo Trisha con un susurro desesperado—. Venga, déjame en paz, no hay ninguna cosa.

La engañosa luz de la luna había cambiado las formas de los árboles, los había transformado en rostros descarnados de ojos negros. El sonido de dos ramas al rozarse se convirtió en el canturreo de un monstruo. Trisha caminó en círculos, intentando mirar a todas partes a la vez, con ojos atemorizados en su rostro cubierto de barro.

«Es una cosa especial, Trisha... La cosa que espera a los extraviados. Les deja vagar hasta que están muy asustados, porque eso les da mejor sabor, ablanda la carne, y entonces va a por ellos. Ya lo verás. Surgirá entre los árboles de un momento a otro. En cuestión de segundos. Y cuando veas su cara, enloquecerás. Si alguien pudiera oírte, pensaría que estabas chillando. Pero la verdad es que reirás, ¿sabes?, porque eso es lo que hacen los locos cuando su vida llega a su fin, ríen, ríen... y ríen.»

—¡Basta, no existe esa cosa, no hay ninguna cosa en el bosque, basta! —susurró a toda prisa, y la mano que agarraba el muñón de la rama lo apretó más y más, hasta que se partió con un chasquido similar a un disparo.

El sonido le provocó un respingo e hizo que emitiera un gritito, pero también la serenó. Al fin y al cabo, sabía lo que era: una rama que ella había roto. Aún era capaz de partir ramas, aún conservaba ese control sobre el mundo. Los sonidos sólo eran sonidos. Las sombras sólo eran sombras. Podía tener miedo, podía escuchar aquella voz traidora y estúpida si quería, pero no había

(ninguna cosa especial)

en el bosque. Había vida salvaje, y sin duda en algún lugar se estaba repitiendo el viejo ritual de matar o morir, en aquel mismo segundo, pero no había ningún ser...

Sí.

Y era verdad.

Trisha, mientras paralizaba todos sus pensamientos y contenía el aliento, supo con absoluta certidumbre que sí lo había. Había algo. En aquel momento no había voces en su interior, sólo una parte de su ser incomprensible para ella, un conjunto especial de nervios eclipsados que, acaso, dormía en el mundo de las casas, los teléfonos y las luces eléctricas, y sólo cobraba vida en el bosque. Esa parte no podía ver ni pensar, pero sí sentir. Ahora sentía la presencia de algo en el bosque.

—¡Hola! —gritó a las caras descarnadas de los árboles—. Hola, ¿hay alguien ahí?

En la habitación del motel de Castle View, que Quilla le había pedido que compartiera con ella, Larry McFarland estaba sentado en pijama en el borde de una de las camas gemelas, con el brazo rodeando la espalda de su ex mujer. Aunque ella se había puesto el camisón de algodón más tenue que se pueda imaginar, y él estaba seguro de que no llevaba nada debajo, y aunque no mantenía relaciones sexuales con nadie —a excepción de su mano izquierda—, desde hacía más de un año, no sentía deseo (un deseo inmediato, al menos). Quilla temblaba de pies a cabeza. Larry tenía la impresión de que los músculos de su espalda se habían vuelto del revés.

—No es nada —dijo—. Sólo un sueño. Una pesadilla con la que has despertado.

—No —dijo Quilla, y sacudió la cabeza, azotando levemente con su cabello la mejilla de su ex marido—. Está en peligro, lo presiento. En un peligro terrible.

Rompió a llorar.

Trisha no lloraba, en aquel momento no. En aquel momento, estaba demasiado asustada para llorar. Algo la estaba observando. Algo.

—Hola —probó de nuevo.

No hubo respuesta... pero estaba allí, y se había puesto en movimiento: al otro lado de los árboles, detrás del claro, se movía de izquierda a derecha. Mientras los ojos de Trisha se desplazaban, sin seguir otra cosa que la luz de la luna y una sensación, oyó que una rama se partía en la zona que estaba mirando. Se oyó un suave suspiro. ¿O era acaso el susurro del viento?

«Ya sabes la respuesta», musitó la fría voz, y Trisha la sabía, por supuesto.

—No me hagas daño —dijo Trisha sin poder contener las lágrimas, ya no—. Seas lo que seas, te suplico que no me hagas daño. Yo procuraré no hacerte daño, así que tú tampoco... Sólo soy una niña.

Sus piernas flaquearon y Trisha, más que desplomarse, se vino abajo. Sin dejar de llorar, sacudida por violentos estremecimientos, buscó refugio bajo el árbol caído, como el animal pequeño e indefenso en que se había convertido. Continuó rogando que no le hicieran daño, casi sin darse cuenta. Cogió la mochila y la colocó delante de su cara como si fuera un escudo. Tremendos espasmos recorrían su cuerpo, y cuando otra rama se partió más cerca, chilló. No había sido en el claro, todavía no, pero casi. Casi.

¿Había sido en los árboles? ¿Se movía entre las ramas entrelazadas de los árboles? ¿Algo provisto de alas, como un murciélago?

Miró entre la parte superior de la mochilla y la curva del árbol que la cobijaba. Sólo vio ramas enredadas recortadas contra el cielo plateado. No había ningún ser entre ellas, al menos sus ojos no lo distinguían, pero el silencio más profundo se había adueñado del bosque. Las aves no piaban, los insectos no zumbaban.

Estaba muy cerca, fuera lo que fuera, y estaba tomando una decisión. O vendría y la despedazaría, o proseguiría su camino. No era una broma y no era un sueño. Era la muerte y la locura, erguida, acuclillada o tal vez subida a una rama al borde del claro. Estaba decidiendo si acabar con ella ahora... o dejarla madurar un poco más.

Trisha contuvo el aliento, abrazada a su mochila. Al cabo de una eternidad, crujió otra rama, esta vez un poco más lejos. Fuera lo que fuera, se estaba alejando.

La niña cerró los ojos. Brotaron lágrimas por debajo de sus párpados enlodados y resbalaron por sus mejillas, también enlodadas. Su boca temblaba. Por un momento deseó estar muerta, mejor muerta que sometida a tal estado de pavor, mejor muerta que perdida.

Más lejos aún, otra rama crujió. Una ráfaga de algo que no

era viento agitó las hojas, más lejos aún. Se estaba marchando, pero ahora sabía que ella estaba allí, en su bosque. Regresaría. Entretanto, la noche se extendía ante Trisha como mil kilómetros de carretera desierta.

Nunca conseguiré dormir, se dijo. Nunca.

Cuando Trisha no podía dormir, su madre le aconsejaba que se inventara algo. «Imagina algo agradable, cariño. Es lo mejor que se puede hacer cuando Morfeo se retrasa.»

¿Imaginar que se había salvado? No, eso empeoraría aún más las cosas... como imaginar un gran vaso de agua fría cuando estás sediento.

Estaba sedienta, de hecho reseca como un hueso. Supuso que era la secuela del miedo: la sed. Soltó las hebillas de la mochila con cierto esfuerzo. De haber estado sentada le habría resultado más fácil, pero aquella noche nada en el mundo, en el universo, podría sacarla de debajo de aquel árbol.

«Hasta que vuelva —dijo la voz fría—. Hasta que vuelva y te saque a rastras.»

Cogió la botella de agua y tomó varios sorbos. Después, echó una mirada anhelante al bolsillo que contenía el walkman. Se moría de ganas por sacarlo y escuchar un poco la radio, pero tenía que ahorrar pilas.

Cerró la mochila antes de desfallecer, y volvió a abrazarla. Ahora que ya no tenía sed, ¿qué debía imaginar? Lo supo sin vacilar: imaginó a Tom Gordon en el claro con ella, de pie junto al arroyo. Tom Gordon con el uniforme del equipo, tan blanco que casi brillaba a la luz de la luna. En realidad no la estaba protegiendo, sólo lo aparentaba, pero sí la estaba protegiendo de alguna manera. ¿Por qué no? Al fin y al cabo era la fantasía de Trisha.

—¿Qué era eso del bosque? —le preguntó.

«No sé», contestó Tom con indiferencia. Claro, se lo podía permitir, ¿no? El verdadero Tom Gordon se encontraba a trescientos kilómetros de distancia, en Boston, y ahora estaría dormido detrás de una puerta cerrada con llave.

—¿Cómo lo haces? —preguntó, casi dormida, tan dormida que no se dio cuenta de que estaba hablando en voz alta—. ¿Cuál es el secreto?

«¿El secreto de qué?»

—De cerrar —dijo Trisha, mientras sus ojos se cerraban.

Pensó que diría creer en Dios (¿acaso no señalaba al cielo cada vez que tenía éxito?), o creer en sí mismo, o tal vez esforzarse al máximo (era el lema del entrenador de fútbol de Trisha: «Esfuérzate al máximo, olvida lo demás»), pero el número 36 no dijo nada de eso, de pie junto al riachuelo.

«Has de intentar adelantarte al primer bateador —fue lo que dijo—. Has de desafiarle con ese primer lanzamiento, lanzar una pelota a la que no pueda dar. Llega a la base y piensa, yo soy mejor que ese tío. Has de disuadirle de esa idea, y es mejor no esperar. Lo mejor es hacerlo cuanto antes. Demostrar que eres tú el mejor, ése es el secreto de cerrar.»

—¿Cómo...? —«prefieres hacer el primer lanzamiento» era el resto de la pregunta, pero antes de terminarla ya se había dormido.

En Castle View sus padres también se habían dormido, esta vez en la misma cama individual, después de un repentino, satisfactorio y espontáneo coito. Si me hubieras dicho alguna vez... fue el último pensamiento consciente de Quilla. Ni en un millón de años, fue el de Larry.

De toda la familia, fue Pete McFarland quien durmió peor en aquella madrugada de finales de primavera. Estaba en su habitación, contigua a la de sus padres, gemía y retorcía las sábanas mientras se daba vueltas sin cesar. En sus sueños, su madre y él discutían, caminaban por la senda y discutían, y en determinado momento se volvía irritado (o quizá para evitar a su madre la satisfacción de verle llorar), y Trisha había desaparecido. En este punto el sueño se le atragantaba como un hueso en la garganta. Se retorcía de un lado a otro de la cama, con el ánimo de escupirlo. La luna le miraba, y el sudor que perlaba su frente y sus sienes brillaba.

Se volvía y había desaparecido. Se volvía y había desaparecido. Se volvía y había desaparecido. Sólo veía la pista desierta.

—No —murmuró Pete en su sueño, y sacudió la cabeza para desprenderse de él antes de que lo asfixiara.

No pudo. Se volvía y había desaparecido. Detrás de él sólo veía la pista desierta.

Era como si nunca hubiera tenido hermana.

QUINTA ENTRADA

Cuando Trisha despertó a la mañana siguiente, le dolía tanto el cuello que apenas podía volver la cabeza, pero no le importó. El sol había salido e iluminaba el claro en forma de media luna. Eso era lo único que le importaba. Se sintió renacer. Recordó que había despertado por la noche, con ganas de orinar. Recordó que había ido al arroyo y aplicado barro a sus picaduras, bajo la luz de la luna. Recordó que se había dormido mientras Tom Gordon vigilaba y le explicaba algunos secretos de su técnica. También recordó que había tenido mucho miedo de algo que se movía en el bosque, pero sólo eran imaginaciones suyas. Estar sola era lo que la había asustado, nada más.

Algo en su mente intentó protestar contra sus argumentaciones, pero Trisha lo acalló. La noche había terminado. Quería rememorarla tanto como volver a aquella pendiente rocosa y repetir su caída hasta el árbol que cobijaba el nido de avispas. Ahora era de día. Numerosas partidas de búsqueda vendrían y la salvarían. Lo sabía. Merecía que la salvaran, después de pasar toda la noche sola en el bosque.

Salió de debajo del árbol, empujando la mochila ante ella, se levantó, se puso el sombrero y cojeó hasta el arroyo. Se lavó el barro de la cara y las manos, observó la nube de mosquitos que se estaba formando nuevamente alrededor de su cabeza, y se aplicó a regañadientes otra capa de barro. Mientras tanto, recordó una ocasión en que Pepsi y ella habían jugado a maquillarse, cuando eran pequeñas. Habían armado tal desastre con los potingues de la señora Robichaud que la madre de Pepsi les había gritado que salieran de la casa, sin molestarse en adecentarlas, que salieran de la casa antes de que perdiera los estribos y les diera una buena azotaina. Así que se habían marchado, con su profusión de polvos cosméticos, colorete, *eyeliner*, sombra de ojos verde y lápiz de labios Passion Plum, con aspecto de ser las *stripteuses* más precoces del mundo. Habían ido a casa de Trisha, y Quilla, de entrada, se había quedado boquiabierta, pero luego rió hasta que le saltaron las lágrimas. Había conducido a cada niña de la mano hasta el cuarto de baño, donde les había proporcionado leche limpiadora para desmaquillarse.

—Repartidla bien por la cara, chicas —murmuró Trisha.

Después de terminar con su cara, se enjuagó las manos en el arroyo. Comió los restos del bocadillo de atún y la mitad de los bastoncitos de apio. Sintiendo inquietud enrolló la bolsa del almuerzo. El huevo se había terminado, el bocadillo de atún se había terminado, las patatas fritas se habían terminado y los Twinkies se habían terminado. Sus provisiones se reducían a media botella de Surge (menos, en realidad), media botella de agua y unos pocos bastoncitos de apio.

—Da igual —dijo, mientras guardaba todo en la mochila, incluido su raído y sucio capote—. Da igual, porque hay montones de partidas de búsqueda en la zona. Alguna me encontrará. A mediodía estaré comiendo en un restaurante. Hamburguesa, patatas fritas, batido de chocolate y pastel de manzana.

Su estómago crujió al pensar en el festín.

Una vez hubo guardado sus cosas, se aplicó una capa de barro en las manos. El sol bañaba el claro (el día estaba despejado y prometía calor), y Trisha se movía con más facilidad. Se desperezó, corrió sin moverse del sitio para estimular la sangre, y movió la cabeza de un lado a otro hasta que la rigidez del cuello desapareció. Dedicó un momento a intentar escuchar voces, perros, el zumbido de un helicóptero. No oyó nada, salvo al pájaro carpintero, que ya había empezado a trabajar por su pan de cada día.

No pasa nada, hay mucho tiempo, se dijo. Es junio, ya sabes. Éstos son los días más largos del año. Sigue el curso del arroyo. Aunque las partidas de rescate no te encuentren enseguida, el arroyo te conducirá hasta la civilización.

Pero a medida que la mañana avanzaba hacia el mediodía, el arroyo sólo la condujo a más bosque. La temperatura aumentó. Hilillos de sudor empezaron a dibujar senderos en su capa de barro. Círculos oscuros se formaron bajo las axilas de su camiseta del número 36. Una mancha apareció entre sus omóplatos. Su cabello, tan sucio que ya parecía morena en lugar de rubia, colgaba alrededor de su cara. Las esperanzas de Trisha empezaron a disiparse, y la energía con que había partido del claro a las siete de la mañana había desaparecido a las diez. A eso de las once ocurrió algo que la desanimó todavía más.

Había llegado a lo alto de una suave pendiente sembrada de hojas y agujas, y se detuvo a descansar, cuando aquella inoportuna sensación de ser observada, que no tenía nada que ver con su mente consciente, la puso de nuevo en estado de alerta. La estaban espiando. Era inútil decirse que no era verdad, porque lo era.

Trisha describió un círculo muy lentamente. No vio nada, pero daba la impresión de que el bosque había enmudecido otra vez. Ni ardillas listadas correteando entre las hojas y la maleza, ni ardillas normales al otro lado del arroyo, ni grajos guasones. El pájaro carpintero todavía martilleaba, los cuervos lejanos todavía graznaban, pero por lo demás, sólo estaban ella y los mosquitos.

—¿Quién hay ahí? —llamó.

No hubo respuesta, por supuesto, y Trisha bajó la pendiente contigua al arroyo, con la ayuda de los arbustos porque la tierra era resbaladiza. Sólo ha sido mi imaginación, pensó... pero estaba segura de que se engañaba.

El arroyo se iba estrechando, y eso sí no era producto de su imaginación. Mientras lo seguía por la larga pendiente erizada de pinos, y después por un tramo difícil (demasiada maleza erizada de espinos), disminuyó hasta reducirse su anchura a menos de medio metro.

Desapareció entre un espeso conglomerado de arbustos. Trisha se abrió paso entre ellos, en lugar de rodearlos, para no perder de vista el arroyo. Por una parte, sabía que perderlo daría igual, porque estaba casi segura de que no conducía a donde ella quería ir, lo más probable era que no condujera a ningún sitio, pero tenía la impresión de que todo eso daba igual. La verdad era que había forjado un lazo emocional con el arroyo (un vínculo, diría su madre), y no podía soportar la idea de abandonarlo. Sin él, sólo sería una niña perdida en el bosque sin ningún plan preconcebido. Sólo pensar en ello atenazaba su garganta y aceleraba su corazón.

Salió de los arbustos y el arroyo reapareció. Trisha lo siguió con la cabeza gacha y el entrecejo fruncido, tan concentrada como Sherlock Holmes siguiendo las huellas del sabueso de los Baskerville. No reparó en que los arbustos se habían convertido en helechos, ni en que la mayoría de los árboles que flanqueaban el arroyo eran árboles muertos, ni en que el terreno era más blando. Toda su atención estaba concentrada en el arroyo.

El arroyo empezó a ensancharse de nuevo, y durante unos quince minutos (ya era mediodía) Trisha alimentó la esperanza de que no desaparecería. Después se dio cuenta de que iba estrechándose más y más. De hecho, no era más que una hilera de charcos rebosantes de insectos. Unos diez minutos después, su zapatilla desapareció en un terreno que no era sólido, sino una engañosa superficie de musgo que cubría una bolsa de barro espeso. Se hundió hasta el tobillo. Trisha sacó el pie con un grito de asco. A causa del tirón, estuvo a punto de perder la zapatilla en el barro succionante. Lanzó otro grito y se agarró al tronco de un árbol, mientras se secaba el pie en la hierba, y después se calzó la zapatilla.

Luego paseó la vista en derredor y vio que había llegado a una especie de bosque fantasmal, el emplazamiento de una antigua hoguera. Delante (y alrededor) se extendía un laberinto irregular de árboles muertos. Brotaban de un terreno pantanoso. De los charcos de agua estancada se alzaban lomas cubiertas de hierba y trechos de malas hierbas. El aire vibraba con los zumbidos de los mosquitos y las evoluciones de las libélulas. Oyó más pájaros carpintero, docenas a juzgar por el ruido.

El arroyuelo de Trisha se perdió en la ciénaga.

—¿Qué hago ahora, eh? —preguntó con voz sollozante y cansada—. ¿Alguien quiere hacer el favor de decírmelo?

Había muchos sitios donde sentarse y pensar en ello. Montones informes de árboles muertos por todas partes, muchos de los cuales todavía exhibían la huella de incendios en sus troncos. Sin embargo, el primero que probó cedió bajo su peso y la depositó sobre el barrizal. Trisha gritó cuando la humedad traspasó el fondillo de sus tejanos (Dios, cómo odiaba que se le mojara el fondillo de los pantalones), y se puso en pie de un brinco. La humedad había podrido el tronco. Los extremos rotos estaban plagados de cochinillas. Trisha las contempló con asqueada fascinación, y después se encaminó hacia el segundo árbol caído. Primero lo probó. Era sólido y se sentó sobre él, fatigada, y contempló la ciénaga de árboles caídos, mientras se frotaba el cuello dolorido y trataba de decidir qué hacer.

Aunque su mente estaba menos lúcida que cuando se despertó, pensó que todavía le quedaban dos opciones: quedarse allí y esperar a que la rescataran, o seguir avanzando al encuentro de la partida de rescate. Supuso que quedarse en un sitio fijo tenía cierta lógica: conservación de las fuerzas y todo eso. Además, sin el arroyo, ¿hacia dónde iría? Hacia nada seguro, por supuesto. Igual se dirigiría hacia la civilización que se alejaría de ella. Hasta cabía la posibilidad de que caminara en círculos.

Por otra parte («Siempre está la otra parte», le había dicho en una ocasión su padre), allí no había nada que comer, hedía a barro, árboles podridos y vete a saber qué cosas desagradables más; el lugar era un asco. Trisha pensó que, si se quedaba y no acudía ninguna partida de rescate, aquella noche tendría que dormir allí. Una idea aterradora. El pequeño claro en forma de media luna era Disneylandia comparado con esto.

Se levantó y miró en la dirección que seguía el arroyo antes de desaparecer. Ante ella se alzaba un laberinto de troncos grisáceos y ramas secas, pero creyó ver vegetación al otro lado. Vegetación alta. Tal vez una colina. ¿Más gaulterias? Eh, ¿por qué no? Ya había dejado atrás varios grupos de arbustos cargados de ellas. Tendría que haberlas cogido y guardado en la mochila, pero se había concentrado demasiado en el arroyo. Ahora, sin embargo, volvía a tener hambre. No se moría de hambre (todavía no, al menos), pero sí estaba hambrienta.

Avanzó dos pasos, pisó con cautela un tramo de terreno blando, y comprobó con desazón que el agua cubría su zapatilla. ¿Iba a aventurarse? ¿Sólo porque creía ver el otro lado?

—Podrían ser arenas movedizas —murmuró.

«¡Exacto! —aprobó la voz fría al instante. Parecía divertida—. ¡Arenas movedizas! ¡Caimanes! ¡Por no hablar de los hombrecitos grises tipo "Expediente X" que te meterán sondas por el culo!»

Trisha retrocedió los dos pasos que había dado y se sentó de nuevo. Se mordió el labio inferior. Apenas reparaba en los insectos que hormigueaban a su alrededor. ¿Seguir o quedarse? ¿Quedarse o seguir?

Lo que la impulsó a seguir diez minutos después fue la esperanza ciega... y pensar en las bayas. Demonios, estaba decidida a probarlas. Trisha se imaginó cogiendo bayas rojas en la ladera de una suave colina verde, como una niña en la ilustración de un libro de texto (había olvidado el barro que cubría su cara y la masa enmarañada en que se había convertido su cabello). Se imaginó subiendo a la cumbre de la colina, mientras llenaba su mochila de gaulterias... hasta que llegaba a la cima, miraba hacia abajo y veía...

Una carretera. Veo una carretera de tierra con cercas a ambos lados... caballos que pastan... y un granero en la distancia. Rojo, con adornos de madera blancos.

¡Chiflada! ¡Subnormal!

¿O no? ¿Y si se encontraba a media hora a pie de la salvación, aún perdida porque tenía miedo de una sustancia pegajosa?

—De acuerdo —dijo mientras se levantaba y ajustaba con movimientos nerviosos las correas de la mochila—. De acuerdo, vamos por las bayas, pero si la cosa se pone fea, volveré.

Caminó con lentitud sobre la tierra cada vez más húmeda, con suma cautela, rodeando los esqueléticos árboles erguidos y los troncos caídos.

A la larga (tal vez media hora después de haber iniciado la marcha, tal vez tres cuartos de hora), descubrió lo que miles, tal vez millones, de hombres y mujeres habían descubierto antes que ella: cuando la cosa se pone fea, es demasiado tarde para volver atrás. Pasó de un terreno cenagoso pero estable a una loma que no era tal sino sólo un disfraz. Su pie se hundió en una sustancia fría y viscosa, demasiado espesa para ser agua y demasiado líquida para ser barro. Se tambaleó, aferró una rama que sobresalía y gritó de miedo y humillación cuando se partió en su mano. Se desplomó sobre una extensión de hierba que bullía de insectos. Una rodilla se dobló bajo su cuerpo, y dio un tirón al pie. Emergió con un ruido de succión, pero la zapatilla quedó enterrada bajo la masa.

—¡No! —chilló con voz tan alta como para espantar a una enorme ave blanca, que alzó el vuelo agitando sus largas patas.

En otro momento y lugar, Trisha habría contemplado aquella exótica aparición con reverencia, pero su cerebro apenas la registró. Giró en redondo de rodillas, con la pierna derecha cubierta de barro negro hasta la rodilla, y hundió la mano en el agujero que había engullido su zapatilla.

—¡No te la vas a quedar! —gritó con furia—. ¡Es mía y tú no puedes... quedártela!

Tanteó en el barro, sus dedos atravesaron membranas de raíces o contornearon las que eran demasiado gruesas de romper. Algo que parecía vivo rozó la palma de su mano, pero enseguida se alejó. Un momento después, su mano se cerró sobre la zapatilla y la recuperó. La miró, una zapatilla negra de barro, ideal para una niña negra de barro, la combinación ideal, una mierda absoluta, como habría dicho Pepsi, y se echó a llorar de nuevo. Alzó la zapatilla, la ladeó, y de dentro cayó un chorro de porquería. Eso la hizo reír. Se quedó sentada sobre la loma con las piernas cruzadas y la zapatilla rescatada en el regazo, riendo y llorando en el centro de un universo negro de insectos que giraban a su alrededor, mientras los árboles muertos montaban guardia y los grillos cantaban.

Por fin, sus sollozos se convirtieron en sorbidos, sus carcajadas en risitas estranguladas, carentes de humor. Arrancó puñados de hierba y secó la zapatilla por fuera lo mejor que pudo. Luego, abrió la mochila, rompió en pedazos la bolsa del almuerzo vacía y utilizó los trozos como toallas para secar el interior. Convirtió estos trozos en bolas y los lanzó hacia atrás con indiferencia. Si alguien quería multarla por ensuciar aquel rincón asqueroso y maloliente, allá él.

Se puso en pie, sin soltar la zapatilla rescatada, y miró hacia adelante.

—Joder —graznó.

Era la primera vez en su vida que decía aquella palabrota en voz alta (Pepsi la decía a veces, pero Pepsi era Pepsi).

Ahora veía con más claridad la extensión verde que había confundido con una colina. Eran lomas, sólo más lomas. Separadas por aguas estancadas y más árboles, la mayoría muertos, pero con algo de pelusa verde en la copa. Oyó el croar de las ranas. Ninguna colina. De las ciénagas a los pantanos, de mal en peor.

Miró hacia atrás, pero ya no supo distinguir por dónde había entrado en aquel purgatorio. Si se le hubiera ocurrido señalar la zona con algo brillante, un trozo de su capote destrozado, por ejemplo, habría podido volver atrás. Pero no lo había hecho, y ya no tenía solución.

De todos modos, puedes retroceder: ya conoces la dirección general.

Tal vez, pero no iba a abundar en la misma forma de pensar que la había metido en aquel lío.

Se volvió hacia las lomas y los turbios reflejos del sol sobre las aguas estancadas. Había muchos árboles a los que aferrarse, y el pantano tenía que terminar en alguna parte, ¿verdad?

Hasta pensar en ello era una locura.

Desde luego. Era una situación delirante.

Permaneció inmóvil un momento más y pensó en Tom Gordon y su inmovilidad especial. De esta manera se erguía en su montículo, mientras observaba a un catcher de los Red Sox, Hatterberg o Veritek, a la espera de que le hiciera las señales. Absolutamente inmóvil (como ella ahora), como si aquella profunda inmovilidad girara alrededor de él a partir de los hombros. Y después entraba en acción.

«Tiene sangre fría», decía su padre.

Trisha quería salir de aquel repugnante pantano, para empezar, y después del maldito bosque. Quería volver a donde pudiera encontrar gente, tiendas, galerías comerciales, teléfonos y policías, que te ayudaban si extraviabas el camino. Y pensaba que podía hacerlo. Si era valiente, si conservaba un poco de sangre fría.

Trisha abandonó su inmovilidad, se quitó la otra Reebok y ató juntos los cordones de ambas. Se las colgó alrededor del cuello como péndulos de reloj de cuco, dudó acerca de los calcetines y decidió dejárselos puestos. Se arremangó los tejanos hasta las rodillas, respiró hondo y suspiró.

—McFarland lanza —dijo.

Volvió a ponerse la gorra de los Sox (esta vez hacia atrás, porque hacia atrás era guay) y se puso en marcha de nuevo.

Trisha avanzó de loma en loma con cautela, levantaba la vista con frecuencia, se fijaba en una característica del terreno y caminaba hacia ella, como había hecho el día anterior. Sólo que hoy no me asustaré y correré, pensó. Hoy tengo sangre fría.

Transcurrió una hora, y después dos. El terreno era cada vez más blando. Por fin, ya no hubo suelo firme, a excepción de las lomas. Trisha pasó de una a otra, se agarraba a ramas y arbustos donde podía, extendía los brazos en cruz para conservar el equilibrio, como un funámbulo, cuando no había nada a lo que sujetarse. Por fin, llegó a un trecho en que le resultó imposible saltar hasta la siguiente loma. Se armó de valor y luego se internó en las aguas estancadas, lo cual provocó que se alzara una nube de chinches de agua y se desprendiera un hedor a putrefacción. El agua le llegaba a las rodillas. Sus pies se habían hundido en algo que recordaba a una jalea fría y aterronada. Burbujas amarillentas aparecieron en la superficie del agua agitada. En ella giraban fragmentos negros de vaya usted a saber qué.

—Qué asco —gimió mientras avanzaba hacia la siguiente loma—. Qué asco. Qué asco qué asco qué asco. Voy a vomitar.

Caminó a grandes zancadas, pero cada vez tenía que tirar del pie para liberarlo. Intentó no pensar en lo que pasaría si se quedaba atascada en el fondo y empezaba a hundirse.

—Qué asco qué asco qué asco.

Se convirtió en una especie de cántico. Gruesas gotas de sudor resbalaban sobre su rostro y escocían sus ojos. Los grillos parecían clavados en una nota aguda sin final: *riiiiii.* Delante de ella, en la loma que era su próxima parada, tres ranas saltaron de la hierba al agua: *plip-plip-plop.*

—Bud-Why-Zer —dijo Trisha, y sonrió sin ganas.

Cientos de renacuajos nadaban en el agua turbulenta negroamarillenta que la rodeaba. Mientras las miraba, uno de sus pies topó con algo duro y cubierto de fango; tal vez un tronco. Trisha consiguió pasar por encima, sin caer, y llegar a la loma. Se irguió, casi sin aliento, y contempló con angustia sus pies y piernas cubiertos de lodo, como si esperara verlos invadidas por sanguijuelas o algo peor. No había nada horrible (que ella pudiera ver, al menos), pero estaba sucia de mugre hasta las rodillas. Se quitó los calcetines, que eran negros, y la piel blanca de debajo se le antojó más parecida a los calcetines que los propios calcetines. Rió como una maníaca. Se tendió de espaldas sobre los codos y aulló al cielo, aunque no quería reír así, como

(una loca)

una idiota total, pero no pudo contenerse durante un rato. Cuando se recuperó, exprimió los calcetines, volvió a ponérselos y se levantó. Escogió un árbol con una gruesa rama baja partida y lo convirtió en su siguiente objetivo.

—McFarland lanza —dijo con voz cansada, y se puso en marcha otra vez. Ya no pensaba en bayas. Sólo deseaba salir del bosque ilesa.

Hay un momento en que la gente abandonada a sus propios medios deja de vivir y se limita a sobrevivir. El cuerpo, agotadas sus fuentes de energía, recurre a las calorías almacenadas. La lucidez empieza a embotarse. La percepción empieza a reducirse, al tiempo que se despierta de una forma perversa. Las cosas comienzan a borronearse alrededor de los bordes. Trisha McFarland se estaba aproximando a esta frontera entre la vida y la supervivencia a medida que su segunda tarde en el bosque iba declinando.

El hecho de que se desplazara hacia el oeste no la preocupaba demasiado. Pensaba (tal vez con razón) que avanzar en una dirección concreta era lo mejor que podía hacer. Estaba hambrienta, pero apenas era consciente de ello. Estaba concentrada en caminar en línea recta. Si se desviaba a izquierda o derecha, tal vez continuaría en aquel estercolero cuando cayera la noche, y era una idea que no podía soportar. En una ocasión se detuvo para echar un trago de su botella de agua, y alrededor de las cuatro terminó el resto de Surge, casi sin darse cuenta.

Los árboles muertos empezaron a parecer cada vez menos árboles y más centinelas con sus pies nudosos hundidos en el agua negra e inmóvil. Pronto empezarás a ver caras en ellos, pensó. Mientras vadeaba el agua ante uno de esos árboles, tropezó con otra raíz o rama sumergida, y esta vez cayó. Su boca se llenó de agua nauseabunda y la escupió con un grito. Vio sus manos en el agua oscura, amarillentas y sebosas, como cosas sumergidas desde hacía mucho tiempo. Las sacó y alzó.

—¡Estoy bien! —exclamó, y casi fue consciente de que iba a cruzar una línea vital, casi experimentó la sensación de que entraba en otro país, donde el idioma y el dinero eran diferentes. Las cosas cambiaban, pero...—. Estoy bien. Sí, estoy bien.

Y su mochila aún estaba seca. Eso era muy importante, porque allí llevaba el walkman, y ahora su walkman era su último vínculo con el mundo.

Sucia y empapada, Trisha continuó. La nueva señal era un árbol muerto que se bifurcaba a la mitad y se convertía en una Y negra, recortada contra el sol agonizante. Llegó al pie de una loma, pero prefirió vadear el agua. ¿Para qué molestarse? Vadear era más rápido. Su asco hacia la jalea fría y podrida del fondo se había esfumado. Si es necesario te acostumbras a cualquier cosa. Ahora lo sabía.

Poco tiempo después de su primer chapuzón en aquellas repugnantes aguas, Trisha empezó a sentirse acompañada por

Tom Gordon. Al principio se le antojó extraño, incluso siniestro, pero a medida que transcurrían las horas de la tarde perdió su timidez y empezó a hablar en voz alta con absoluta naturalidad. Le explicó que un incendio debía de haber sido el causante de aquel pantano, le aseguró que no tardarían en salir del bosque, que aquello no podía prolongarse indefinidamente. Le estaba confiando su esperanza de que los Red Sox se apuntarían veinte carreras en el partido de la noche, para que se lo tomara con calma, cuando se interrumpió con brusquedad.

—¿Has oído algo? —preguntó.

No sabía si Tom se había dado cuenta, pero ella sí: el zumbido de un helicóptero, lejano pero inconfundible. Trisha estaba descansando sobre una loma cuando oyó el ruido. Se puso en pie de un brinco y describió un círculo completo, con una mano levantada para hacerse sombra, la vista clavada en el horizonte. No vio nada, y el sonido se desvaneció en la distancia al poco.

—Mierda —dijo desconsolada.

Pero al menos la estaban buscando. Liquidó a un mosquito pegado a su cuello y prosiguió su camino.

Unos diez o quince minutos después se encontraba de pie sobre la raíz medio sumergida de un árbol, con la vista clavada en el frente, intrigada y perpleja. Al otro lado de la línea de árboles rotos donde estaba ahora, el pantano desembocaba en una laguna de aguas estancadas. Más lomas se alzaban en su centro, pero eran de color pardusco, y parecían hechas de ramitas rotas y ramas retorcidas. Media docena de animales gordezuelos de color marrón la miraban desde ellas.

Poco a poco las arrugas desaparecieron de la frente de Trisha, cuando se dio cuenta de lo que eran. Olvidó que estaba en un pantano, olvidó que estaba desaliñada, empapada y agotada, que estaba perdida.

—Tom —susurró casi sin aliento—. ¡Son castores! Castores

sentados sobre casitas de castor, tipis de castor, o como se llamen. Son castores, ¿verdad?

Se puso de puntillas, cogida al tronco del árbol para no perder el equilibrio, y los miró fascinada. Castores aposentados sobre sus casitas de ramas... ¿La estaban mirando? Pensó que sí, sobre todo el de en medio. Era más grande que los otros, y Trisha tuvo la impresión de que sus ojos negros no abandonaban ni un momento su cara. Pensó que tenía bigotes, y su pelaje era de un color marrón oscuro, que adoptaba un tono casi castaño rojizo en sus generosas ancas. Su estampa la llevó a pensar en las ilustraciones de *El viento en los sauces*.

Por fin, Trisha bajó del tronco y se puso en marcha una vez más. Al instante, el Castor Jefe (así le había bautizado) retrocedió hasta que sus cuartos traseros tocaron el agua, a la que agitó con la cola. El ruido resonó con estrépito en el aire bochornoso e inmóvil. Un momento después, todos sus compañeros se hundieron en el agua al unísono. Era como ver en acción a un equipo de buceo. Trisha los observó con las manos enlazadas sobre el esternón y una ancha sonrisa. Era una de las cosas más asombrosas que había visto en su vida, y comprendió que nunca sería capaz de explicar por qué el Castor Jefe le había recordado a un maestro de escuela anciano o algo por el estilo.

—¡Mira, Tom! —Señaló con el dedo, riendo—. ¡Mira el agua! ¡Allí van! ¡Sí!

Media docena de uves se formaron en el agua turbia, alejándose de sus casas de ramitas. Desaparecieron al cabo de un instante, y Trisha se puso en camino de nuevo. Su nuevo objetivo era una loma bastante más grande que las demás, rematada por helechos de un verde oscuro, como cabello enmarañado. Se aproximó describiendo un arco, en lugar de caminar en línea recta. Ver a los castores había sido fantástico (alucinante, diría Pepsi), pero no albergaba el menor deseo de encontrarse con uno mientras nadaba bajo el agua. Había visto suficientes películas para saber que hasta los castores pequeños tenían dientes grandes. Durante un rato Trisha lanzó grititos cada vez que una brizna de hierba sumergida la rozaba, seguro que era el Castor Jefe (o uno de sus acólitos), que la quería expulsar de su barrio.

Se acercó a la loma grande, siempre con los habitáculos de los castores a su derecha, y a medida que se aproximaba una sensación de exaltación se apoderó de ella. Aquellos helechos verde oscuro no eran helechos vulgares, pensó. Había recogido esa clase de helechos con su madre y su abuela tres primaveras seguidas, y pensó que lo eran. Ya se habían terminado en Sanford, desde hacía al menos un mes, pero su madre le había dicho que aún se encontraban tierra adentro, casi hasta julio en lugares pantanosos. Costaba creer que algo bueno creciera en aquel maloliente trozo de creación, pero cuanto más se acercaba más segura estaba. Aquellos helechos no sólo eran buenos, sino también deliciosos. Hasta Pete, que nunca encontraba verduras de su gusto (excepto guisantes congelados), comía esos helechos.

Se dijo que no debía esperar gran cosa, pero cinco minutos después ya estaba segura. Lo que se alzaba delante de ella no era una loma, sino la isla de los Helechos. Aunque tal vez, pensó a medida que se acercaba vadeando el agua que ahora le llegaba hasta los muslos, la isla de los Insectos sería un nombre mejor. Había nubes de insectos, por supuesto, y ella no cesaba de aplicarse barro a las partes expuestas de su cuerpo. Una nube compacta de mosquitos flotaba sobre la isla de los Helechos, y también había insectos de muchas otras variedades. Oyó su zumbido soporífero, casi radiante.

Se encontraba a media docena de pasos del primer grupo de helechos cuando se detuvo, apenas consciente de que sus pies se hundían en el lodo sumergido. El borde vegetal de aquel lado del montecillo estaba desgarrado y destrozado. En algunos puntos, brotes de helechos desarraigados aún flotaban en el agua oscura. Más arriba, vio manchas de un rojo intenso entre el verde.

—Esto no me gusta —murmuró, y avanzó hacia la izquierda, en lugar de en línea recta.

Aquellos helechos eran estupendos, pero por allí había algo muerto, o herido de muerte. Tal vez las hembras de los castores se peleaban por los machos, o algo por el estilo. Aún no estaba lo bastante hambrienta para enfrentarse a un castor herido, enfrascado en una cena temprana. Sería una buena forma de perder un ojo o una mano.

Mediado ya su rodeo de la isla de los Helechos, Trisha volvió a detenerse. No quería mirar, pero al principio no pudo apartar la vista.

—Eh, Tom —dijo, con un temblor en la voz—. Qué mal rollo.

Era la cabeza cortada de un cervato. Había rodado por la pendiente del montículo, dejando un reguero de sangre y brotes de helechos manchados. Se había detenido al borde del agua, vuelta del revés. Sus ojos eran enjambres de liendres. Regimientos de moscas habían aterrizado sobre el muñón de su cuello. Zumbaban como un motor.

—Veo su lengua —dijo con voz distante, como un pasillo vibrante de ecos.

De pronto, la luz del sol se le antojó demasiado brillante y pensó que iba a perder el conocimiento.

—No —susurró—. No, no me dejes, no puedo...

Esta vez su voz, aunque tenue, pareció sonar más cerca. Dio la impresión de que la luz casi había recobrado la normalidad. Gracias a Dios. Lo último que deseaba era desmayarse, hundida casi hasta la cintura en aguas estancadas y fangosas. Ni helechos, ni desmayo. La cuestión estaba casi equilibrada.

Apresuró el paso, sin tomar tantas precauciones sobre la solidez del terreno que pisaba. Se movía oscilando las caderas de una manera exagerada, cortando el aire con los brazos delante del cuerpo. Supuso que, si llevara leotardos, parecería la invitada del día de *Manténte en forma con Wendy*. Bien, amigos, hoy vamos a probar unos ejercicios nuevos. ¡Mueve esas caderas, flexiona esas nalgas, trabaja esos hombros!

Mantenía la vista clavada al frente, pero no había forma de escapar al zumbido de las moscas. ¿Qué había sido el causante? Los castores no, por descontado. Ningún castor cortaba la cabeza a un ciervo, por afilados que tuviera los dientes.

«Ya sabes qué lo ha hecho —dijo la fría voz—. Fue la cosa. Esa cosa tan especial. La que te está observando en este preciso momento.»

—Nada me está observando, eso es una chorrada —dijo con voz ahogada. Miró hacia atrás y se alegró de ver que la isla de los Helechos se estaba rezagando, aunque no con la rapidez suficiente. Echó un vistazo fugaz a la cosa marrón con el collar negro zumbante—. Es una idiotez, ¿verdad, Tom?

Pero Tom no contestó. Tom no podía contestar. En ese momento Tom debía de estar en Fenway Park, bromeando con sus compañeros de equipo mientras se quitaba su uniforme blanco inmaculado. El Tom Gordon que recorría el pantano con ella, aquel pantano interminable, era como una cura homeopática para la soledad. Estaba más sola que la una.

«Pero no lo estás, corazón. No estás sola.»

Trisha tenía mucho miedo de que la fría voz estuviera diciendo la verdad, aunque no fuera su amiga. La sensación de ser observada era más intensa que nunca. Intentó achacarlo a sus nervios (cualquiera se pondría cardíaco después de ver la cabeza cortada), y casi lo había logrado, cuando llegó ante un árbol en cuyo tronco muerto se habían grabado media docena de cortes diagonales. Era como si algo muy grande lo hubiera atacado cuando pasó a su lado.

—Oh, Dios mío —dijo—. Son marcas de garras.

«Está más adelante, Trisha. Te está esperando, con garras y todo.»

Trisha vio más agua estancada, más lomas, lo que semejaba

otra colina verde elevada (pero antes ya se había equivocado). No vio ningún animal... pero era lo lógico, ¿no? La bestia haría lo propio de todas las bestias cuando esperaban para lanzarse sobre su presa, había una palabra que lo describía, pero estaba demasiado cansada, asustada y afligida para pensar en ello...

«Acechan —dijo la fría voz—. Eso es lo que hacen, acechan. Sí, nena. Sobre todo las que son especiales, como tu nuevo amigo.»

—Acechan —graznó Trisha—. Sí, ésa es la palabra. Gracias.

Avanzó de nuevo porque ya había llegado demasiado lejos para retroceder. Aunque algo la estuviera esperando más adelante para matarla, ya era demasiado tarde para volver atrás.

Esta vez, lo que parecía terreno sólido resultó terreno sólido. Al principio, Trisha se resistió a creerlo, pero a medida que se acercaba y no veía agua entre las masas de arbustos verdes y árboles raquíticos, alimentó cierta esperanza. Además, estaba vadeando aguas menos profundas. Le llegaba sólo a media espinilla, en lugar de hasta las rodillas o los muslos. Y crecían más helechos en al menos dos de las lomas. No tantos como en la isla de los Helechos, pero cogió unos cuantos y los engulló. Eran dulces, con un sabor de fondo algo acre. Era un sabor verde, y a Trisha le resultó delicioso. Si hubieran quedado más los habría guardado en la mochila, pero había terminado con todos. En lugar de lamentarlo, saboreó lo que tenía a su alcance con la espontaneidad de un niño. Por ahora ya había bastante. Las preocupaciones vendrían después. Caminó hacia terreno sólido, mientras cortaba con los dientes las mazorcas enrolladas y masticaba los tallos. Ni siquiera se daba cuenta de que estaba vadeando el pantano. Su repugnancia se había esfumado.

Cuando llegó a los últimos helechos que crecían en la segunda loma, su mano se inmovilizó. Volvió a oír el zumbido adormecedor de las moscas. Esta vez era mucho más intenso. De haber podido, Trisha se habría desviado, pero daba la impresión de que ramas muertas y arbustos hundidos bloqueaban el pantano. Parecía que sólo había un canal, libre a medias, que condujera fuera de aquel laberinto, y tenía que atravesarlo a menos que quisiera emplear dos horas más en salvar barreras sumergidas, y tal vez cortarse los pies de paso.

Incluso en el susodicho canal se vio obligada a posarse sobre un árbol sumergido. Había caído en fecha reciente, y caído no era la palabra precisa. Trisha vio marcas de garras en la corteza, y si bien el remanente del tronco se había perdido en la maraña de arbustos, observó que la madera del tocón se veía fresca y blanca. El árbol se había interpuesto en el camino de algo, y ese algo se había limitado a derribarlo, partiéndolo como un mondadientes.

El zumbido aumentó de intensidad. El resto del ciervo (casi todo, a decir verdad) estaba tirado al pie de un extravagante manojo de helechos, cerca del lugar donde Trisha salió con cautela del pantano. Estaba dividido en dos pedazos, unidos por una maraña de intestinos rebosantes de moscas. Habían arrancado una de sus patas, para luego apoyarla de pie contra el tronco de un árbol cercano, como si fuera un bastón.

Trisha se cubrió la boca con el dorso de la mano y continuó presurosa, mientras emitía ruiditos extraños y procuraba reprimir las náuseas. La cosa que había matado al ciervo quería que vomitara. ¿Era posible? La parte racional de su mente (y aún quedaba mucha) decía que no, pero tenía la impresión de que algo había contaminado a propósito los dos brotes más grandes de helechos con el cuerpo destrozado del ciervo. Y si había hecho eso, ¿no cabía la posibilidad de que intentara forzarla a vomitar el escaso alimento que había conseguido encontrar?

Sí, eso es, se dijo. Te estás comportando como una gilipollas. Olvídalo. Y no vomites, por el amor de Dios.

Los ruiditos (hipidos estentóreos, robustos) empezaron a espaciarse mientras caminaba hacia el oeste (avanzar hacia el oeste era fácil ahora, porque el sol estaba bajo en el cielo), y el sonido de las moscas empezó a disminuir. Cuando enmudeció por completo, Trisha hizo un alto en el camino, se quitó los calcetines y volvió a ponerse las zapatillas. Exprimió los calcetines y los miró. Recordó que se los había puesto en su habitación de Sanford, sentada en el borde de la cama, y mientras tanto cantaba: «Rodéame con tus brazos..., porque quiero estar cerca de ti». Eran los Boyz To Da Maxx. Pepsi y ella pensaban que los Boyz To Da Maxx eran monos, sobre todo Adam. Recordó aquel rectángulo de sol en el suelo. Recordó su cartel de *Titanic* en la pared. El recuerdo de haberse puesto los calcetines en el dormitorio era muy claro, pero lejano. Supuso que los viejos, como el abuelo, recordaban así las cosas ocurridas cuando eran niños. Ahora, los calcetines eran poca cosa más que tomates unidos por hilachas, y eso le dio ganas de volver a llorar (tal vez porque se sentía como tomates unidos por hilachas), pero se controló. Enrolló los calcetines y los guardó en la mochila.

Estaba ajustando las hebillas cuando oyó el zumbido del helicóptero por segunda vez. En esta ocasión sonaba mucho más cerca. Trisha se puso en pie de un brinco. Hacia el este, negras contra el cielo azul, había dos formas. Le recordaron un poco las libélulas que había visto en el pantano del Ciervo Muerto. Era absurdo gritar y agitar los brazos, estaban a millones de kilómetros de distancia, pero de todos modos lo hizo. No pudo evitarlo. Por fin, cuando casi se quedó afónica, abandonó la tarea.

—Escucha, Tom —dijo mientras los seguía con expresión anhelante de izquierda a derecha, o sea de norte a sur—. Escucha, intentan encontrarme. Si se acercaran un poquito más...

Pero no lo hicieron. Los helicópteros distantes desaparecieron tras la masa del bosque. Trisha se quedó inmóvil donde estaba, y no se movió hasta que el ruido de las aspas se fundió con el cántico tenaz de los grillos. Después exhaló un profundo suspiro y se arrodilló para atar sus zapatillas. Ya no experimentaba la sensación de que alguien la espiaba, menos mal...

«Oh, mentirosa —dijo la fría voz. Sonaba divertida—. Mentirosilla.»

Pero no estaba mintiendo, al menos no a propósito. Estaba tan cansada y confusa que ya no estaba segura de sus sensaciones... Ahora que se había liberado del barro y el lodo (y se había alejado del cuerpo descuartizado del ciervo), lo que sí tenía claro era que estaba hambrienta y sedienta. Cruzó por su mente la idea de regresar y recoger más helechos. No le resultaría difícil mantenerse alejada del cuerpo del ciervo y de los lugares ensangrentados.

Pensó en Pepsi, que a veces se impacientaba con ella si se rasguñaba la rodilla cuando patinaba o caía cuando trepaban a un árbol. Si veía que empezaban a formarse lágrimas en los ojos de Trisha, Pepsi era capaz de decir: «No me vengas con niñerías, McFarland». Bien sabía Dios que no podía abandonarse a niñerías por culpa de un ciervo muerto, y mucho menos en una situación semejante, pero...

... pero tenía miedo de que la cosa que había matado al ciervo continuara en las cercanías, la estuviera acechando, confiada en que volvería.

En cuanto a beber el agua del pantano, no fastidiemos. La suciedad era una cosa. Insectos muertos y huevos de mosquito eran otra muy diferente. ¿Podían los mosquitos incubar en el estómago de una persona? Probablemente no. ¿Quería averiguarlo con certeza? Definitivamente no.

—Supongo que encontraré más helechos —dijo—. ¿Verdad, Tom? Y bayas también.

Tom no contestó, pero Trisha siguió caminando sin pararse a pensar.

Anduvo hacia el oeste durante otras tres horas. Al principio avanzaba con lentitud, después avivó el paso y entró en otra extensión de bosque. Le dolían las piernas y la espalda, pero no prestaba mucha atención. Ni siquiera el hambre ocupaba su mente. Cuando la luz diurna viró del dorado al rojo, era la sed lo que dominaba los pensamientos de Trisha. Tenía la garganta seca y dolorida. Su lengua parecía un estropajo. Se maldijo por no haber bebido en el pantano cuando tuvo la oportunidad, y en una ocasión se detuvo y pensó: A la mierda, voy a volver.

«Será mejor que no lo intentes, corazón —dijo la fría voz—. No encontrarías el camino. Aunque fueras lo bastante afortunada como para volver sobre tus pasos sin desviarte, oscurecería antes de que llegaras... ¿y a que no adivinas lo que te estaría esperando?»

—Cierra el pico —dijo Trisha, cansada—. Cierra el pico, bruja malvada y estúpida.

Pero claro, la bruja malvada y estúpida tenía razón. Trisha se volvió en la dirección del sol, ahora de color naranja, y se puso a andar de nuevo. Cada vez la asustaba más su sed. Si la hacía sufrir tanto a las ocho, ¿qué pasaría a medianoche? Además, ¿cuánto tiempo podía vivir una persona sin agua? No se acordaba, si bien estaba segura de que en algún momento había topado con aquella curiosa información. No tanto como el que una persona podía pasar sin comida, en cualquier caso. ¿Cómo sería morir de sed?

—No voy a morir de sed en este maldito bosque... ¿verdad, Tom?

Tom no contestó. El Tom Gordon de verdad estaría presenciando otro encuentro en este momento. Tim Wakefield, el diestro pitcher de los Boston, contra Andy Pettite, el joven zurdo de los Yankees. Le costaba tragar saliva. Recordó la lluvia del día anterior (al igual que la imagen de ella sentada en la cama cuando se estaba poniendo los calcetines, le parecía algo muy lejano en el tiempo), y deseó que volviera a llover. Se mojaría y bailaría con la cabeza hacia atrás, los brazos extendidos y la boca abierta. Bailaría como *Snoopy* sobre su perrera.

Trisha caminó entre pinos y abetos, cada vez más altos y espaciados a medida que aumentaba la antigüedad del bosque. La luz del sol se filtraba sesgada entre los árboles, en forma de franjas polvorientas de un color intenso. Habría considerado hermosos los árboles y la luz rojoanaranjada, de no ser por su sed... Una parte de su mente tomaba nota de dicha belleza, pese a sus sufrimientos. Sin embargo, la luz era demasiado brillante. Sus sienes latían y le dolía la cabeza, y sentía la garganta como reseca.

En ese estado, atribuyó el rumor de una corriente de agua a una alucinación auditiva. No podía ser agua de verdad; era demasiado oportuna. No obstante, se volvió hacia el rumor, en dirección sudoeste en lugar de oeste, mientras se agachaba bajo ramas bajas y saltaba árboles caídos como alguien sumido en un trance hipnótico. Cuando el sonido se intensificó, demasiado fuerte para confundirlo con otra cosa, Trisha se echó a correr. Resbaló dos veces sobre la alfombra de agujas, y en cierto momento atravesó un matorral de ortigas que arañaron sus brazos y sus manos, pero no se dio cuenta. Diez minutos después de haber oído el primer susurro tenue, llegó a una breve y pronunciada bajada, donde el lecho rocoso emergía de la tierra y el suelo del bosque estaba alfombrado de agujas, en una serie de montículos de piedra grisáceos. Al pie corría un arroyo que, al principio, se le antojó el goteo de una manguera mal cerrada.

Trisha caminó por el borde de la pendiente con perfecta inconsciencia, aunque un paso en falso la habría enviado rodando hasta una distancia de unos ocho metros, y tal vez la habría matado. Cinco minutos de caminata arroyo arriba la condujeron hasta una especie de garganta que corría desde el borde del bosque hasta la hondonada por donde discurría el arroyo. Era un barranco natural, excavado a base de décadas de hojas y agujas caídas.

Se sentó y descendió con la ayuda de los pies a modo de frenos. A mitad de camino empezó a resbalar. En lugar de intentar parar, lo cual podía provocarle un salto mortal, se tendió, enlazó las manos detrás del cuello, cerró los ojos y confió en que todo saliera bien.

El descenso acabó bruscamente. La cadera derecha de Trisha golpeó con un saliente rocoso, y el impacto con otro dejó entumecidos sus dedos entrelazados. Si no se hubiera protegido la cabeza con las manos, tal vez la segunda roca le habría abierto el cuero cabelludo, pensó. O algo peor. «No te rompas tu estúpido cuello» era otro dicho de los adultos, uno de los favoritos de la abuela McFarland.

Tocó fondo con un golpe que estremeció sus huesos, y sus zapatillas se llenaron de agua fría. Se las quitó, cayó de bruces y bebió hasta que una punzada taladró su frente, como sucedía a veces cuando estaba acalorada y sedienta, y se zampaba un helado demasiado deprisa. Trisha sacó su cara goteante y cubierta de barro del arroyo y echó un vistazo al cielo oscuro, mientras jadeaba y sonreía. ¿Había probado alguna vez un agua tan buena? No. ¿Había probado alguna vez algo tan bueno? Por supuesto que no. Constituía una clase aparte. Bajó la cara y bebió de nuevo. Por fin, se puso de rodillas, emitió un eructo estruendoso y rió como una loca. Notaba el estómago hinchado, tenso como el parche de un tambor. Durante un rato, al menos, no tendría hambre.

El barranco era demasiado resbaladizo y empinado para volver a subir. Llegaría a la mitad, o casi hasta arriba, y luego resbalaría hasta el fondo. Sin embargo, la subida parecía más cómoda por el otro lado del arroyo, empinada y cubierta de árboles, pero poco escarpada, y había muchas rocas para apoyar el pie. Podía avanzar un poco antes de que hubiera oscurecido demasiado para ver. ¿Por qué no? Ahora que había bebido agua se sentía fuerte de nuevo, maravillosamente fuerte. Y segura de sí misma. Había dejado atrás el pantano y había encontrado otro arroyo. Un buen arroyo.

«Sí, pero ¿qué me dices de la cosa tan especial?», preguntó la fría voz, aterrando a Trisha. Decía cosas horribles. Lo peor era haber descubierto en su interior a una niña tan malvada. «¿Te has olvidado de esa cosa tan especial?»

—Si había una cosa tan especial —dijo Trisha—, ahora ya se ha ido. Tal vez ha vuelto con el ciervo.

Era verdad, o lo parecía. Aquella sensación de ser espiada, tal vez seguida, había desaparecido. La voz fría lo sabía, y no contestó. Trisha descubrió que podía visualizar a su propietaria, una mocosa burlona y alborotadora que se parecía un poco a Trisha, tal vez por casualidad (el parecido de una prima segunda, por ejemplo). Ahora se estaba alejando con los hombros tensos y los puños apretados, la viva imagen del resentimiento.

—Sí, vete y no vuelvas —dijo Trisha—. No me asustas. —Y al cabo de una pausa—: ¡Jódete!

Salió de su boca de nuevo, lo que Pepsi llamaba la Palabrota Terrible, y Trisha no lo lamentó. Hasta imaginó que lo decía a su hermano Pete si éste empezaba de nuevo con sus tonterías sobre Malden, cuando volvían a casa del colegio. Malden esto y Malden lo otro, papá esto y papá lo otro, ¿y qué pasaría si decía: «Eh, Pete, jódete, apechuga con ello», en lugar de mostrarse silenciosa y comprensiva, o bien alegre y empeñada en cambiar de tema? Sólo «Eh, Pete, jódete», ¿qué tal? Trisha le vio en su cabeza, le vio mirándola boquiabierto. La imagen la hizo reír.

Se levantó, caminó hasta el agua, eligió cuatro piedras que la ayudarían a cruzar, y las arrojó de una en una al arroyo. Cuando llegó al otro lado empezó a bajar la pendiente.

La ladera de la colina se hacía más empinada y el arroyo era más ruidoso a su espalda. Cuando llegó a un claro de suelo relativamente plano, decidió pernoctar allí. La oscuridad estaba imponiéndose. Si intentaba bajar la cuesta corría el riesgo de caer. Además, el lugar no estaba nada mal. Al menos podía ver el cielo.

—Los insectos son tozudos —dijo, mientras espantaba a los mosquitos que rodeaban su cara y se los quitaba del cuello a palmadas, pero (ja ja, qué mala suerte, nena) no tenía barro a mano. Muchas rocas, pero nada de barro.

Trisha se sentó en cuclillas un momento, mientras los insectos pululaban alrededor de sus ojos. Con las manos, apartó las agujas de un pequeño círculo de tierra, cavó un agujero poco profundo en la tierra blanda y llenó su botella de agua en el arroyo. Fabricó barro con los dedos, una actividad que la complació (pensó en la abuela Andersen; ella hacía pan en su cocina los sábados por la mañana, de pie sobre un taburete porque la encimera era muy alta). Después, se lo aplicó en toda la cara. Cuando terminó, casi había oscurecido por completo.

Trisha se levantó, mientras frotaba barro sobre sus brazos, y paseó la vista alrededor. No había ningún árbol caído providencial bajo el que dormir aquella noche, pero a unos veinte metros de distancia reparó en una maraña de ramas de pino muertas. Las llevó hasta uno de los altos abetos cercanos al arroyo y las apoyó contra el tronco como abanicos vueltos del revés, hasta crear un pequeño espacio en cuyo interior podría entrar a rastras... una especie de media tienda. Si el viento no derribaba las ramas, pensó que sería muy cómoda.

Mientras transportaba las dos últimas, sintió un calambre en el estómago y sus intestinos se aflojaron. Trisha se detuvo, con una rama en cada mano, a la espera de los acontecimientos. El calambre pasó, y también la extraña sensación de sus tripas, pero no se encontraba muy bien. Agitada. Como una mariposa, decía la abuela Andersen, pero para indicar que estaba nerviosa, y Trisha no estaba nerviosa. No sabía qué le pasaba.

«Es el agua —dijo la fría voz—. Había algo en el agua. Te has envenenado, corazón. Es probable que mañana por la mañana ya estés muerta.»

—Qué remedio —dijo Trisha, y añadió las dos últimas ramas

a su refugio improvisado—. Ya me estaba muriendo de sed. Tenía que beber.

No hubo respuesta. Tal vez la voz fría, por traidora que fuera, lo comprendía. No había tenido otra opción que beber.

Se quitó la mochila y extrajo con reverencia el walkman. Se colocó los auriculares y lo encendió. La WCAS aún se escuchaba bien, pero no como anoche. Se le antojó rara la idea de haber salido casi de la zona de alcance de una emisora de radio, como cuando vas en coche. La verdad era que le parecía muy raro, pero mucho. Y lo notaba en el estómago.

«Muy bien —dijo Joe Castiglione. Daba la impresión de que su voz llegaba desde muy lejos—. Mo entra y nos preparamos para el final de la cuarta.»

De repente algo se removió en su garganta y en su estómago, y aquellos poderosos hipidos (*urk-urk, urk-urk*) empezaron de nuevo. Trisha se arrastró fuera del refugio, se puso de rodillas y vomitó en las sombras extendidas entre dos árboles, apoyada en un tronco con una mano y aferrándose el estómago con la otra.

Se quedó donde estaba, casi sin aliento, y escupió el sabor de helechos apenas digeridos (agrio, ácido), mientras Mo fallaba tres lanzamientos. Troy O'Leary era el siguiente.

«Bien, los Red Sox lo tienen crudo —comentó Troop—. Pierden siete a uno en el final de la cuarta, y Andy Pettite está lanzando una joya.»

—Demonios —dijo Trisha, y volvió a vomitar.

No vio lo que salía, estaba demasiado oscuro para eso y se alegró, pero parecía líquido, más parecido a sopa que a vómito. Aquellas dos palabras consiguieron que se le hiciera un nudo en el estómago. Se alejó de los árboles entre los que había vomitado, todavía de rodillas, y notó otro calambre, esta vez más fuerte.

—¡Demonios! —aulló mientras forcejeaba con el botón superior de los tejanos.

Estaba segura de que no iba a conseguirlo, pero al final pudo aguantarse lo bastante para bajarse los tejanos y las bragas y quitarlos de en medio. Todo salió como una exhalación. Trisha gritó, y un ave gritó a su vez en la lejanía, como si se burlara. Cuando todo acabó y trató de ponerse en pie, se mareó. Perdió el equilibrio y se desplomó sobre sus excrementos.

—Perdida y sentada sobre mi propia mierda —dijo Trisha.

Se echó a llorar, y después a reír, porque lo encontró divertido. Perdida y sentada sobre mi propia mierda, ya lo creo, pensó. Se levantó con esfuerzo, con los tejanos y las bragas enredados alrededor de sus tobillos (los tejanos tenían las rodilleras rotas y estaban acartonados debido al barro, pero al menos había evitado hundirlos en la mierda... al menos de momento). Se quitó las bragas y caminó hasta el arroyo, desnuda de cintura para abajo, con el walkman en una mano. Troy O'Leary había hecho un cuadrangular más o menos cuando ella perdía el equilibrio y caía sobre su propia mierda. Cuando entró descalza en el arroyo de aguas heladas, Jim Leyritz consiguió una doble eliminación. Sec-su-al a tope.

—Era el agua, Tom —dijo Trisha, mientras se limpiaba el trasero—. La maldita agua, pero ¿qué debía hacer? ¿Limitarme a mirarla?

Tenía los pies entumecidos cuando salió del arroyo. Y también el trasero, pero al menos estaba limpia de nuevo. Se puso las bragas y los tejanos, y se estaba abrochando los botones cuando su estómago se agitó de nuevo. Trisha dio dos grandes zancadas hacia los árboles, se agarró al mismo de antes y vomitó. Esta vez no creyó que saliera nada sólido. Era como expulsar dos tazas de agua caliente. Se inclinó y apoyó la frente contra el tronco del pino. Por un momento, imaginó que había un letrero clavado en él, como los que la gente cuelga en las puertas de sus tiendas de campaña: EL CAGADERO DE TRISHA. Eso la hizo reír otra vez, pero fue una risa falsa. Un estribillo resonó en el espacio que separaba aquellos bosques del mundo que Trisha había creído suyo, el sonsonete que decía: «Marque el 1-800-54-GIANT».

Más calambres.

—No —dijo Trisha, todavía con la frente apoyada contra el árbol y los ojos cerrados—. No, por favor, más no. Ayúdame, Dios. Basta, por favor.

«No malgastes tu aliento —dijo la fría voz—. No sirve de nada rezar al Subaudible.»

Los retortijones se calmaron. Trisha volvió poco a poco a su refugio, sobre unas piernas que sentía de goma e inestables. Le dolía la espalda de tanto vomitar. Sentía tensos como resortes los músculos del estómago. Y su piel estaba caliente. Tal vez tenía fiebre.

Derek Lowe salió a lanzar para los Red Sox. Jorge Posada le recibió con un hit de tres bases hacia la esquina del jardín derecho. Trisha entró a gatas en el refugio, con cuidado de no rozar ninguna rama con el brazo o la cadera. Si lo hacía, el invento se vendría abajo. Si la pillaba por sorpresa de nuevo (mamá lo decía así; Pepsi lo llamaba «tener cagaleras» o «bailar la polka de las letrinas»), lo derribaría todo. De momento, no obstante, allí estaba.

Chuck Knoblauch lanzó lo que Troop llamó «una bola alta como una torre». Darren Bragg la atrapó, pero Posada marcó. Ocho a uno para los Yankees. Era su noche de suerte, no cabía duda. Una suerte increíble.

—¿A quién llamas cuando se te rompe el parabrisas? —canturreó para sí, tumbada sobre las agujas de pino—. Al 1-800-54-GI...

Un repentino acceso de temblores la sacudió. En lugar de sentirse caliente y febril, se sintió fría de pies a cabeza. Aferró sus brazos embarrados con sus dedos embarrados y contuvo el aliento, con la esperanza de que las ramas que había dispuesto con tanto cuidado no se le vinieran encima.

—El agua —gimió—. El agua, la maldita agua, basta ya.

Pero lo sabía, y no hacía falta que se lo chivara la voz fría. Ya tenía sed otra vez, por culpa de los vómitos, y no tardaría en volver al arroyo.

Siguió escuchando a los Red Sox. Despertaron en la octava, consiguieron cuatro carreras y Pettite fue expulsado. Mientras los Yankees bateaban contra Dennis Eckersley al principio de la novena (Joe y Troop le llamaban «el Eck»), Trisha se rindió. No podía resistir la llamada del arroyo. Incluso con el volumen del walkman a toda pastilla, su lengua y su garganta suplicaban lo que estaban oyendo. Salió con mucha cautela del refugio, se acercó al arroyo y bebió otra vez. El agua estaba fresca y deliciosa, no sabía a veneno, sino a néctar de los dioses. Regresó a gatas al refugio, sintiendo frío y calor a ratos alternos, sudorosa y temblorosa, y cuando se tumbó pensó: Es probable que por la mañana esté muerta. Muerta, o tan enferma que desee morir.

Los Red Sox, que perdían por ocho a cinco, cargaron las bases con un solo out en el final de la novena. Nomar Garciaparra lanzó una batada al jardín central. Si hubiera salido fuera, los Sox habrían ganado el partido por nueve a ocho. En cambio, Bernie Williams la atrapó en el descansadero de los lanzadores de reserva y dio al traste con el esfuerzo de Garciaparra. Una carrera ganada gracias a una bola sacrificada, pero eso fue todo. O'Leary salió y fue eliminado por tres lanzamientos consecutivos de Mariano Rivera, dando por finalizada una noche poco afortunada y el partido. Trisha apagó el walkman para ahorrar pilas. Rompió a sollozar, impotente, con la cabeza apoyada sobre los brazos cruzados. Sentía el estómago revuelto. Los Sox habían perdido. Tom Gordon ni siquiera había participado en aquel estúpido encuentro. La vida era una mierda. Aún seguía llorando cuando se quedó dormida.

En el cuartel general de la policía estatal de Castle Rock se produjo una breve llamada telefónica justo en el momento en que Trisha, sin atender a razones, iba al arroyo para beber agua por segunda vez. La persona que llamaba transmitió su mensaje a la operadora y a la grabadora que registraba todas las llamadas.

La llamada empezó a las 21.46 horas:

Usuario: La niña que andan buscando fue raptada en el sendero por Francis Raymond Mazzerole, con M de microscopio. Tiene treinta y seis años, usa gafas, tiene el pelo corto y teñido de rubio. ¿Ha tomado nota?

Operadora: Señor, ¿puedo preguntarle...?

Usuario: Cierre el pico y escuche. Mazzerole conduce una furgoneta Ford azul, creo que las llaman Econoline. En estos momentos habrá llegado ya a Connecticut. Es un mal bicho. Echen un vistazo a sus antecedentes y lo comprobarán. Se la tirará unos cuantos días si no le plantea problemas, sólo unos cuantos días, pero después la matará. Ya lo ha hecho en otras ocasiones.

Operadora: Señor, ¿tiene la matrícula...?

Usuario: Le he dado su nombre y la marca del coche que conduce. Le he proporcionado todo lo necesario. Ya lo ha hecho en otras ocasiones.

Operadora: Señor...

Usuario: Espero que le maten.

La llamada finalizó a las 21.48 horas.

La investigación localizó el origen de la llamada en una cabina de Old Orchard Beach. No consiguieron averiguar nada en la población.

A las dos de la madrugada, tres horas después de que la policía de Massachusetts, Connecticut, Nueva York y Nueva Jersey hubiera empezado a buscar una furgoneta azul Ford, conducida por un hombre de cabello corto rubio y con gafas,

Trisha despertó con más náuseas y calambres. Derrumbó su refugio cuando salió a gatas de él, se quitó los tejanos y las bragas y vació lo que parecía una ingente cantidad de ácido líquido. Le escoció como la peor picadura.

Cuando terminó, se arrastró hasta el Cagadero de Trisha y se agarró al mismo árbol de antes. Tenía la piel calenturienta, y su pelo estaba empapado de sudor. Temblaba de pies a cabeza y los dientes le castañeteaban.

No puedo vomitar más, pensó. Dios mío, por favor, no puedo vomitar más. Si sigo vomitando, moriré.

Fue cuando vio a Tom Gordon por primera vez. Estaba de pie en el bosque, a unos cincuenta metros de distancia, y su uniforme blanco parecía resplandecer bajo la luz de la luna que caía entre los árboles. Llevaba su guante. Tenía la mano derecha oculta tras la espalda, y Trisha comprendió que sujetaba una pelota de béisbol. Estaba apoyada contra su palma, le daba vueltas con sus largos dedos, palpaba los costurones, y sólo la inmovilizó cuando los tuvo donde quería y la presa fue firme.

—Tom —susurró—, esta noche no has tenido la menor oportunidad, ¿verdad?

Tom no le hizo caso. Estaba esperando la señal. Entonces, la inmovilidad se desprendió de sus hombros y envolvió todo su cuerpo. Permaneció erguido bajo la luz de la luna, tan nítido como los cortes que surcaban los brazos de Trisha, tan real como las náuseas que asaltaban su garganta y su estómago. Estaba inmóvil, a la espera de la señal. No era una inmovilidad perfecta, porque la mano oculta tras su espalda daba vueltas y vueltas a la pelota, para aferrarla mejor, pero cualquier observador habría dicho que estaba inmóvil. Trisha se preguntó si podría imitarle: despojarse de los temblores, permanecer inmóvil y ocultar los calambres.

Se agarró al árbol y probó. No ocurrió enseguida (lo bueno siempre tardaba en suceder, decía su padre), pero ocurrió: sus intestinos se inmovilizaron. Permaneció así durante mucho rato. ¿El bateador se impacientaba porque pensaba que tardaba demasiado entre lanzamiento y lanzamiento? Estupendo. Le importaba un comino. Estaba inmóvil, a la espera de la señal correcta y de aferrar bien la pelota. La inmovilidad se desprendía de los hombros, te envolvía, templaba tus nervios y te concentraba.

Los escalofríos cesaron por completo. En determinado momento se dio cuenta de que su estómago se había serenado. Aún sentía algún calambre, pero ya no eran tan fuertes. La luna estaba baja. Tom Gordon se había ido. En ningún momento había estado con ella, por supuesto, lo sabía, pero...

—Esta vez parecía muy real —graznó—. Superreal. Caramba.

Se levantó y caminó hasta el árbol donde había montado su refugio. Aunque su único deseo era acurrucarse sobre las agujas de pino y dormir, montó de nuevo la tienda de ramas, y después se acomodó bajo ellas. Cinco minutos después, dormía como un tronco. Mientras dormía, algo se acercó. La observó durante largo rato. No se alejó hasta que la luz empezó a perfilar el horizonte... pero no se alejó mucho.

SEXTA ENTRADA

Cuando Trisha despertó los pájaros estaban cantando con entusiasmo. La luz era intensa y brillante, como siempre a mediodía. Habría podido dormir todavía más, pero el hambre no se lo permitió. Rugía desde su garganta hasta las rodillas. Y en medio dolía, dolía mucho. Como si algo la pellizcara por dentro. Era una sensación aterradora. Ya se había sentido hambrienta en otras ocasiones, pero nunca hasta el extremo de dolerle así.

Salió de su refugio, lo derribó una vez más, se puso en pie y cojeó hasta el arroyo con las manos apoyadas sobre su región lumbar. Debía recordar a la abuela de Pepsi Robichaud, la que era sorda y padecía una artritis tan grave que necesitaba utilizar un andador. La abuela Cascarrabias, la llamaba Pepsi.

Trisha se puso de rodillas, hundió las manos en el agua y bebió como un caballo en un abrevadero. Si el agua le sentaba mal otra vez, pues mala suerte. Tenía que echarle algo al estómago.

Se levantó, miró alrededor, se subió los tejanos (le ajustaban a la perfección cuando se los había puesto en Sanford, hacía una eternidad, pero ahora le venían grandes), y empezó a bajar la colina paralela al arroyo. Ya no albergaba esperanzas de que la fueran a sacar del bosque, pero al menos pondría algo de distancia entre ella y el Cagadero de Trisha. Al menos conseguiría eso.

Había caminado unos cien pasos cuando habló la niña mala. «¿No has olvidado algo, corazón?» Hoy, la niña mala hablaba como si estuviera cansada, pero su voz era tan fría e irónica como siempre. Y correcta, cómo no. Trisha permaneció inmóvil con la cabeza gacha y el pelo colgando, luego dio media vuelta y ascendió la colina, en dirección a su campamento nocturno. Tuvo que parar dos veces y dejar que su corazón acelerado se tranquilizara. Se quedó impresionada por la escasa energía que le quedaba.

Llenó su botella de agua, guardó los restos del capote en la mochila, exhaló un suspiro cuando notó el peso de ésta al levantarla (el maldito trasto estaba casi vacío, por el amor de Dios), y se puso en marcha una vez más. Caminaba con lentitud, casi arrastrando los pies, y si bien iba cuesta abajo, se vio obligada a parar a descansar cada quince minutos o así. Su corazón martilleaba. Todos los colores del mundo parecían demasiado brillantes, y cuando una urraca graznó desde una rama cercana, tuvo la impresión de que el sonido perforaba sus tímpanos como agujas. Fingió que Tom Gordon la acompañaba, y al cabo de un rato ya no tuvo que fingir. Caminaba a su lado, y aunque sabía que era una alucinación, parecía tan real a la luz del día como a la luz de la luna.

A eso del mediodía, Trisha tropezó con una roca y cayó cuan larga era sobre unos arbustos. Permaneció inmóvil, sin aliento, y su corazón martilleaba con tanta fuerza que vio lucecitas blancas ante sus ojos. La primera vez que intentó arrastrarse hasta terreno despejado, no lo consiguió. Esperó, descansó, trató de conservar una inmovilidad absoluta con los ojos entrecerrados, y después probó de nuevo. Esta vez se recuperó, pero cuando intentó incorporarse las piernas no la sostuvieron. No le extrañó. Durante las últimas cuarenta y ocho horas no había comido más que un huevo duro, un bocadillo de atún, dos Twinkies y unos cuantos helechos. Además, había padecido vómitos y diarrea.

—Voy a morir, ¿verdad, Tom? —preguntó con voz serena y lúcida.

No hubo respuesta. Trisha levantó la cabeza y paseó la mirada alrededor. El número 36 había desaparecido. Se arrastró hasta el arroyo y bebió. Daba la impresión de que el agua ya no afectaba a su estómago. Ignoraba si eso quería decir que ya se había acostumbrado, o que su cuerpo había desistido de deshacerse de las impurezas.

Trisha se sentó, se secó la boca y miró en dirección noroeste, siguiendo el curso del arroyo. La elevación del terreno que se extendía ante ella era moderada, y parecía que el bosque cambiaba de nuevo. Los abetos daban paso a árboles más jóvenes y pequeños, con mucha maleza que dificultaba el paso. No sabía hasta cuándo podría continuar en aquella dirección. Si intentaba caminar por en medio del arroyo, supuso que la corriente la arrastraría. No había helicópteros ni perros ladradores. Imaginó que podría oír aquellos sonidos si quería, al igual que podía ver a Tom Gordon a su capricho, de modo que valía más no pensar en eso. Si algún sonido la sorprendía, tenía que ser real.

Trisha pensaba que ningún sonido iba a sorprenderla.

—Voy a morir en el bosque. —Esta vez no era una pregunta.

Su cara se demudó en una expresión de pesar, pero sin lágrimas. Extendió las manos y las miró. Estaban temblando. Por fin, se levantó y echó a caminar. Mientras bajaba con lentitud la colina, agarrándose a árboles y ramas para no caer, dos detectives estaban interrogando a sus padres. Aquella misma tarde, unas horas después, un psiquiatra que colaboraba con la policía estatal intentó hipnotizarles, y lo consiguió con Pete. Sus preguntas se centraban en lo que habían visto en el aparcamiento el sábado por la mañana, cuando se disponían a iniciar la excursión. ¿Habían visto una furgoneta azul? ¿Habían visto a un hombre de ojos azules y con gafas?

—Oh, Dios mío —dijo Quilla, y dejó escapar por fin las lágrimas que hasta el momento había reprimido—. Cree que mi hija ha sido raptada, ¿verdad? Sin que nos diéramos cuenta, mientras discutíamos.

Al oír eso, Pete también rompió a llorar.

En el TR-90, el TR-100 y el TR-110, proseguía la búsqueda de Trisha, pero el perímetro se había limitado, y los hombres y mujeres que peinaban los bosques habían recibido instrucciones de concentrarse en la zona cercana al lugar donde la niña había sido vista por última vez. Los exploradores buscaban más los efectos de la niña que a la niña en sí: su mochila, su capote, sus prendas. Sin embargo, no buscaban sus bragas. Todos estaban convencidos de que no iban a encontrarlas. Los cabrones como Mazzerole solían conservar la ropa interior de sus víctimas, incluso mucho después de que hubieran arrojado sus cuerpos a zanjas o alcantarillas.

Trisha McFarland, que no había visto en su vida a Francis Raymond Mazzerole, se encontraba ahora a 45 kilómetros más allá del perímetro noroeste de la nueva zona de búsqueda. Los guías del estado de Maine y los guardabosques del Servicio Forestal no se lo habrían creído, incluso sin la falsa pista, pero era cierto. Ya no estaba en Maine. A las tres de aquel lunes por la tarde había cruzado la frontera de New Hampshire.

Una o dos horas después, Trisha vio los arbustos, cerca de un hayedo cercano al arroyo. Caminó hacia ellos, sin atreverse a dar crédito a sus ojos, ni cuando vio las bayas rojas. ¿No se había dicho que era capaz de ver y oír cosas a voluntad?

Cierto... pero también se había dicho que, si se llevaba una sorpresa, las cosas que vería y oiría tal vez fueran reales. Otros cuatro pasos la convencieron de que los arbustos eran reales. Los arbustos... y la exuberante carga de gaulterias que colgaba de ellos, como manzanas diminutas.

—¡Bayas! —gritó con voz quebrada y ronca, y sus últimas dudas se disiparon cuando dos cuervos que se estaban dando un festín con la fruta caída alzaron el vuelo con graznidos de reprobación.

Trisha tenía la intención de caminar, pero descubrió que estaba corriendo. Cuando llegó a los arbustos, paró en seco, con la respiración entrecortada y las mejillas ruborizadas. Extendió sus manos mugrientas, todavía convencida en parte de que, cuando intentara tocarlas, se desvanecerían. Los arbustos rielarían como un efecto especial de una película (los amados morfins de Pete) y mostrarían su realidad: más zarzales, sedientos de su sangre.

—No —dijo, y extendió las manos. Dudó un momento más, y luego... oh, y luego...

Notó las gaulterias pequeñas y blandas bajo sus dedos. Aplastó la primera que cogió. Lanzó gotitas de zumo rojo sobre su piel, y pensó en una ocasión que había visto afeitarse a su padre y se había cortado.

Levantó el dedo coronado de gotitas (y un poco de piel de baya), se lo llevó a la boca y lo introdujo entre sus labios. Tenía un sabor dulce y penetrante, que recordaba a zumo de manzana bebido de una botella recién sacada de la nevera. El sabor la hizo llorar, pero no fue consciente de las lágrimas que resbalaban sobre sus mejillas. Ya estaba buscando más bayas, las arrancaba de las hojas a racimos, se las metía en la boca a puñados, sin apenas masticar, las tragaba y buscaba más.

Vivió la experiencia al límite, totalmente absorta en ella, como Pepsi habría dicho. Su yo pensante parecía muy lejano, un mero observador. Cerraba su mano alrededor de racimos de bayas y los arrancaba. Sus dedos se tiñeron de rojo, también sus palmas, y al cabo de poco rato, su boca. A medida que se adentraba más entre los arbustos, fue adoptando la apariencia de una niña que había sufrido pavorosos arañazos y necesitaba ingresar en el servicio de urgencias más próximo.

Comió algunas hojas, además de las bayas, y su madre tenía razón: eran muy buenas, aunque no fueras una marmota. Yupi. Los dos sabores combinados le recordaron la jalea que la abuela McFarland servía con el pollo a la brasa.

Habría seguido abriéndose paso hacia el sur durante un rato más, pero el sendero de bayas llegó a un brusco final. Trisha salió del último grupo de arbustos y se topó de frente con la cara dócil y sobresaltada, y los ojos pardos, de una cierva de buen tamaño. Dejó caer un doble puñado de bayas y chilló, entre lo que ahora parecía una aplicación demencial de pintalabios.

Los ruidos que hacía Trisha al avanzar entre los arbustos no habían incomodado a la cierva, que sólo pareció molesta por el grito de la niña. Más tarde, Trisha pensó que aquel animal sería afortunado si sobrevivía a la temporada de caza. La cierva se limitó a mover las orejas y dio dos ágiles pasos hacia atrás (más bien dos saltos), hasta plantarse en un claro bañado por la luz doradoverdosa del ocaso.

Más atrás había dos cervatos que se sostenían sobre unas patas larguiruchas. La cierva miró a Trisha y luego se acercó a sus retoños con largas zancadas. Trisha, tan maravillada como cuando había visto a los castores, pensó que la cierva se movía como un ser provisto de almohadillas en las patas.

Los tres ciervos se inmovilizaron en el claro, casi como si estuvieran posando para un retrato de familia. Después, la madre empujó con el hocico a uno de los cervatos (o quizá le mordisqueó el flanco), y los tres se marcharon. Trisha vio moverse sus colas blancas mientras descendían la colina, y después tuvo el claro para ella sola.

—¡Adiós! —gritó—. Gracias por pararos a...

Enmudeció cuando comprendió por qué estaban los ciervos en aquel lugar. El suelo del bosque estaba sembrado de nueces. Lo sabía gracias a las clases de ciencias del colegio. Un cuarto de hora antes se estaba muriendo de hambre. Era como encontrarse en una cena de Acción de Gracias... en versión vegetariana, sí, pero ¿y qué?

Trisha se arrodilló, cogió una nuez y apoyó lo que quedaba

de sus uñas sobre la juntura de la cáscara. No esperaba gran cosa, pero se abrió con casi tanta facilidad como un cacahuete. La cáscara era del tamaño de un nudillo, y la nuez un poco más grande que una semilla de girasol. La probó, algo dudosa, pero estaba buena. A su manera, parecía tan buena como las gaulterias.

Las bayas la habían satisfecho casi por completo. No tenía ni idea de cuántas se había zampado (por no hablar de las hojas; debía de tener los dientes tan verdes como Arthur Rhode, aquel niño siniestro que vivía en la misma calle de Pepsi). Además, era muy probable que su estómago se hubiera encogido. Lo que debía hacer ahora era...

—Hacer acopio de alimentos —murmuró—. Sí, hacer acopio de alimentos.

Se quitó la mochila, consciente de que había recuperado su energía (era más que asombroso, un poco sobrecogedor, de hecho), y la abrió. Se arrastró por el claro recogiendo nueces. El pelo le caía encima de los ojos, su camisa mugrienta aleteaba, y de vez en cuando se tiraba de los tejanos, que le iban a la perfección cuando se los había puesto, hacía un millón de años, pero ya no querían quedarse ceñidos. Mientras recogía nueces, canturreaba la música del anuncio (1-800-54-GIANT). Cuando hubo reunido suficientes hayucos para llenar el fondo de la mochila, recorrió el tramo de gaulterias, cogiendo bayas y dejándolas caer (las que no terminaban en su boca) sobre las nueces.

Cuando llegó al lugar donde había estado antes, parada y sin atreverse a tocar lo que veía, casi se sintió recuperada. No del todo, pero sí bastante. «Ilesa» fue la palabra que se le ocurrió, y le gustó tanto que la dijo en voz alta dos veces.

Caminó hacia el arroyo, arrastrando la mochila, y se sentó bajo un árbol. En el agua, como un buen presagio, vio un pececillo moteado que seguía la dirección de la corriente, tal vez una cría de trucha.

Trisha siguió sentada unos momentos, con la cara alzada al sol y los ojos cerrados. Luego depositó la mochila sobre su regazo y metió la mano dentro, para mezclar bayas y nueces. Esa actividad la hizo pensar en el Tío Gilito, cuando jugaba en la bóveda donde guardaba el dinero, y rió de placer. La imagen era absurda y perfecta al mismo tiempo.

Descascaró media docena de nueces, las mezcló con un número similar de bayas (esta vez utilizó sus dedos manchados de carmesí para quitar los tallos con cuidado), y se metió la mezcla en la boca. Sabía de maravilla, como uno de esos desayunos a base de cereales diversos que su madre siempre tomaba, y cuando terminó el último puñado se dio cuenta de que no sólo estaba llena, sino atiborrada. Ignoraba cuánto duraría la sensación (era muy probable que nueces y bayas fueran como la comida china, que te dejaban ahíta y una hora después volvías a tener hambre), pero en aquel momento su estómago parecía un calcetín de Navidad lleno a rebosar. Era maravilloso sentirse llena. Había vivido nueve años sin saberlo, y confiaba en que nunca lo olvidaría: era maravilloso sentirse llena.

Trisha se apoyó contra el árbol y miró su mochila con felicidad y gratitud. Si no estuviera tan atiborrada habría metido la cabeza dentro como un asno en un saco de avena, para inundar la nariz con el delicioso olor combinado de bayas y nueces.

—Me habéis salvado la vida, chicos —dijo—. Habéis salvado mi jodida vida.

Al otro lado del río había un pequeño claro alfombrado de agujas de pino. La luz del sol lo bañaba con brillantes rayos amarillentos, en los que bailaba el polvo del bosque. Las mariposas danzaban y volaban en aquella luz. Trisha cruzó las manos sobre el estómago, donde el rugido se había aplacado, y contempló las mariposas. En aquel momento no añoró a su madre, su padre, su hermano ni a su mejor amiga. En aquel momento ni siquiera quería volver a casa, aunque tenía todo el cuerpo dolorido y el trasero le escocía. Estaba experimentando el placer más grande de su vida. Si salgo de ésta, nunca se lo podré decir, pensó. Contempló las mariposas que evolucionaban al otro lado del arroyo. Había dos blancas. La tercera era de un tono oscuro aterciopelado, marrón o quizá negra.

«¿Decirles qué, corazón?» Era la niñita impertinente, pero por una vez su voz no era fría, sino sólo curiosa.

La pura realidad, pensó Trisha. Tan sencilla. Comer... Tener algo que comer y quedarse llena después. Pero dijo:

—El Subaudible.

Contempló las mariposas. Dos blancas y una oscura, y las tres surcaban el aire bajo el sol de la tarde. Pensó en el negrito Sambo subido en un árbol, los tigres que corrían alrededor del tronco hasta que se fundieron y convirtieron en mantequilla. En lo que papá llamaba manteca de leche de búfalo.

Su mano derecha se deshizo de la izquierda, rodó y cayó al suelo con la palma hacia arriba. Volverla a su sitio parecía un trabajo excesivo, y Trisha la dejó donde estaba.

«El Subaudible ¿qué, corazón? ¿Qué pasa con él?»

—Bien —dijo Trisha—. No es que no sea nada... ¿verdad?

La niña impertinente no contestó. Trisha se alegró. Se sentía tan llena, tan maravillosa. Claro que no durmió. Incluso después, cuando comprendió que tenía que haberse dormido, no tuvo esa impresión. Recordaba haber pensado en el patio trasero de su padre, detrás de la casa nueva y más pequeña, cuyo césped necesitaba una buena siega y los enanos parecían ladinos, como si supieran algo que ella ignoraba, y donde su papá empezaba a parecerle triste y viejo, con aquel olor a cerveza que siempre rezumaba de todos sus poros. La vida podía ser muy triste, y casi siempre lo era. La gente fingía que no, y mentía a sus hijos (ninguna película o programa de televisión la había preparado para perder el equilibrio y caer sobre su propia mierda, por ejemplo), para no asustarlos ni empujarlos a una vida disoluta, pero sí, podía ser triste.

El mundo tenía dientes y podía morderte en cualquier momento que lo deseara. Ahora lo sabía. Sólo tenía nueve años pero lo sabía, y pensó que sería capaz de aceptarlo. Al fin y al cabo, estaba a punto de cumplir los diez, y era mayor para su edad.

¡No sé por qué hemos de pagar por vuestras equivocaciones! Era lo último que había oído decir a Pete, y ahora Trisha pensaba que sabía la respuesta. Era una respuesta dura pero muy cierta, probablemente porque sí. Y si no te gusta, compra un bosque y piérdete.

Trisha llegó a la conclusión de que ahora era mayor que Pete en muchos aspectos.

Miró arroyo abajo y vio que otro arroyo desembocaba en el suyo a unos cincuenta metros más allá. Caía sobre la orilla como una pequeña cascada. Así era como debía ser. Este segundo arroyo que había descubierto se haría más y más grande, éste la conduciría hacia la gente. La...

Desvió la vista hacia el pequeño claro que había al otro lado del arroyo y vio a tres personas que la estaban mirando. Al menos, supuso que la estaban mirando. No veía sus rostros. Ni sus pies. Llevaban hábitos largos, como los sacerdotes de los días de antaño («En los días de antaño, cuando los caballeros eran audaces y las damas enseñaban sus nalgas», cantaba a veces Pepsi Robichaud cuando saltaba a la comba). El dobladillo de los hábitos rozaba la alfombra de agujas del claro. Las capuchas ocultaban sus caras. Trisha los miró, un poco sobresaltada, pero no asustada. Dos de los hábitos eran blancos. El que llevaba la figura del medio era negro.

—¿Quiénes sois? —preguntó Trisha. Intentó sentarse un poco más erguida y descubrió que no podía. Estaba demasiado atiborrada de comida. Por primera vez en su vida experimentó la sensación de que la habían drogado con comida—. ¿Me ayudaréis? Me he perdido. Me perdí hace... —No lo recordaba. ¿Eran dos días o tres?— mucho tiempo. Ayudadme, por favor.

Las figuras se limitaron a seguir mirándola (al menos, ella suponía que la miraban), y fue entonces cuando Trisha empezó a sentirse asustada. Tenían los brazos cruzados sobre el pecho y no se veían sus manos, porque las tenían metidas en las amplias mangas de sus hábitos.

—¿Quiénes sois? ¡Decidme quiénes sois!

El de la izquierda avanzó, y cuando alzó la mano hacia la capucha, las mangas blancas resbalaron hacia atrás y dejaron al descubierto sus largos dedos blancos. Echó hacia atrás la capucha y reveló un rostro inteligente (aunque algo caballuno) de mandíbula huidiza. Se parecía al señor Bork, el profesor de ciencias de la escuela elemental de Sanford, que les había enseñado las plantas y animales del norte de Nueva Inglaterra... incluyendo, por supuesto, el hayuco, famoso en todo el mundo. Casi todos los chicos y algunas chicas (Pepsi Robichaud, por ejemplo) le llamaban Bork el Dork[1]. La miró desde el otro lado del arroyo, desde detrás de unas diminutas gafas de montura dorada.

—Vengo de parte del dios de Tom Gordon —dijo—. Aquel al que señala cuando salva un partido.

—¿Sí? —preguntó Trisha. No estaba segura de confiar en aquel tipo. Podía creer en muchas cosas, pero que Dios se pareciera a su profesor de ciencias era excesivo—. Eso es... muy interesante.

—No puede ayudarte —dijo Bork el Dork—. Hoy hay mucha actividad. Por ejemplo, un fuerte terremoto en Japón. Por regla general no interviene en los asuntos humanos, aunque debo admitir que es un fanático de los deportes. No necesariamente de los Red Sox, sin embargo.

Retrocedió y se puso la capucha. Al cabo de un momento, el otro sujeto del hábito blanco, el de la derecha, avanzó... como

1. Juego de palabras intraducible. *Dork* significa «idiota», «lelo». *(N. del T.)*

Trisha ya había supuesto. Esas cosas se regían por unas pautas determinadas: tres deseos, tres hermanas, tres posibilidades de adivinar el nombre del enano malvado. Por no hablar de tres ciervos que comían hayucos en el bosque.

¿Estaré soñando?, se preguntó, y tocó la picadura de avispa de su mejilla izquierda. Seguía en su sitio, aunque la hinchazón había remitido un poco, y tocarla aún dolía. No era un sueño. Pero cuando el segundo hombre del hábito blanco se quitó la capucha y vio a un hombre parecido a su padre (no eran exactos, pero se parecía tanto a Larry McFarland como el primer individuo al señor Bork), pensó que debía serlo. En ese caso, jamás había tenido un sueño semejante.

—No me lo digas —dijo Trisha—. Tú vienes de parte del Subaudible, ¿verdad?

—De hecho, yo soy el Subaudible —dijo en tono de disculpa el hombre que parecía su padre—. Con el fin de aparecer, debía adoptar la apariencia de alguien que conocieras, porque estoy muy débil. No puedo hacer nada por ti, Trisha. Lo lamento.

—¿Estás borracho? —preguntó la niña, irritada de repente—. Sí, ¿verdad? Lo huelo desde aquí. ¡Jolines!

El Subaudible sonrió con expresión avergonzada, sin decir nada, retrocedió y se puso la capucha.

La figura vestida de negro se adelantó. Trisha experimentó un repentino terror.

—No —dijo—. Tú no. —Intentó levantarse, pero descubrió que aún no podía moverse—. Tú no, lárgate, déjame en paz.

Pero las mangas negras resbalaron hacia atrás, y revelaron unas garras blancoamarillentas... las garras que habían dejado las marcas en los árboles, las garras que habían arrancado la cabeza del ciervo y destripado su cuerpo.

—No —susurró Trisha—. No, por favor. No quiero ver.

La figura vestida de negro no le hizo caso. Se quitó la capucha. No había rostro, sólo una cabeza deforme hecha de avispas. Pululaban unas sobre otras al tiempo que zumbaban, Trisha vio que componían inquietantes rasgos humanos: un ojo vacío, una boca sonriente. La cabeza zumbaba, al igual que las moscas habían zumbado sobre el cuello desgarrado del ciervo. Zumbaba como si el ser vestido de negro tuviera un motor en lugar de cerebro.

—Vengo de parte de la cosa del bosque —dijo la figura ataviada de negro. El sonido de su voz era como el del tipo de la radio que te aconsejaba no fumar, el que había perdido las cuerdas vocales en una operación de cáncer y tenía que hablar mediante un aparato sujeto a su garganta—. Vengo de parte del dios de los Extraviados. Te ha estado observando. Te ha estado esperando. Es tu milagro, y tú eres el de él.

—¡Vete! —Trisha intentó gritar, pero de su boca sólo surgió un susurro ahogado.

—El mundo es un argumento nauseabundo, y temo que todo lo que experimentas es cierto —zumbó la voz del avispero. Rascó con las garras su cabeza, desgarró su carne de insectos y reveló el hueso brillante que cubría—. La piel del mundo está trenzada con aguijones, una realidad que has averiguado sin necesidad de ayuda. Debajo sólo hay hueso y el Dios que compartimos. Esto es muy convincente, ¿no crees?

Trisha apartó la vista, aterrorizada. Clavó los ojos en el arroyo. Descubrió que, cuando no miraba al horrible sacerdote-avispa, podía moverse un poco. Se llevó las manos a las mejillas, secó las lágrimas y le miró.

—¡No te creo! No...

El sacerdote-avispa había desaparecido. Todos habían desaparecido. Sólo vio mariposas bailando en el aire, al otro lado del arroyo, ocho o nueve en lugar de tres, todas de colores diferentes. Y también la luz era diferente. Estaba empezando a adoptar un tono naranja dorado. Habían transcurrido dos horas, tal vez tres. Por lo tanto, se había dormido. No ha sido más que un sueño, como dicen en los cuentos, pero no recordaba haberse dormido, por más que se esforzó, ni podía recordar ninguna laguna en su consciencia. Tampoco le había parecido un sueño.

Entonces se le ocurrió una idea, aterradora y consoladora al mismo tiempo, aunque pareciera extraño: tal vez las bayas y las nueces la habían colocado. Sabía que algunos hongos colocaban, así que ¿por qué no las bayas?

—O las hojas —dijo—. Quizá fueron las hojas. Apuesto a que sí.

De acuerdo, ni una más, flipantes o no.

Trisha se levantó, sintió un calambre en el estómago que la hizo doblar en dos. Dejó escapar una ventosidad y se sintió mejor. Luego fue al arroyo, vio un par de rocas de buen tamaño que sobresalían del agua y las utilizó para saltar. En algunos aspectos se sentía una chica diferente, perspicaz y rebosante de energía, aunque el recuerdo del sacerdote-avispa la torturaba, y sabía que su inquietud empeoraría cuando el sol se pusiera. Si no iba con cuidado, los horrores se apoderarían de ella, pero si podía demostrarse que sólo había sido un sueño provocado por comer hojas de gaulterias o por beber un tipo de agua al que su sistema todavía no se había acostumbrado...

De hecho, estar en el pequeño claro la ponía nerviosa, como un personaje de una película de *psycho-killers*, la chica estúpida que entra en la casa del psicótico y pregunta: «¿Hay alguien ahí?». Miró hacia el otro lado del arroyo y percibió que algo la estaba espiando. Se volvió tan velozmente que estuvo a punto de caerse. No había nada allí. En ningún sitio, por lo que pudo colegir.

—Tontita —se dijo en voz baja, pero había regresado la sensación de que la espiaban, y con atroz intensidad.

El dios de los Extraviados, había dicho el sacerdote-avispa, te ha estado espiando, te ha estado observando. El sacerdote-avispa había dicho otras cosas, pero eso era lo único que recordaba: *te está espiando, te está esperando.*

Trisha se encaminó hacia el lugar donde había visto a las tres figuras vestidas con hábitos y buscó alguna señal de ellas, la que fuera. No había nada. Se hincó para mirar con más detenimiento, pero no vio ni un trecho de agujas pisoteadas que su mente aterrorizada pudiera interpretar como una pisada. Se levantó, dispuesta a cruzar el arroyo, y entonces algo llamó su atención.

Caminó en dirección al bosque, escudriñó la oscuridad enmarañada donde árboles jóvenes de troncos delgados crecían muy juntos, luchaban por encontrar espacio y luz, en pugna con los arbustos, que también necesitaban humedad y espacio bajo tierra. En determinados lugares, los abedules se erguían como fantasmas esqueléticos. Una mancha se destacaba en el tronco de un abedul. Trisha echó una nerviosa mirada hacia atrás, y después caminó hacia el árbol. El corazón le palpitaba y su mente gritaba que se detuviera, que no cometiera aquella estupidez, pero ella continuó.

Vio al pie del abedul una sección de intestinos ensangrentados, tan recientes que sólo habían congregado a unas pocas moscas. Ayer, un espectáculo similar había puesto a prueba su resistencia a vomitar, pero hoy la vida parecía diferente. Las cosas habían cambiado. No experimentó náuseas, ni hipidos, ni la perentoria necesidad de volverse o apartar la vista, sino una frialdad que se le antojó mucho peor. Era como ahogarse, pero de dentro hacia afuera.

A un lado de los intestinos había un trozo de pelaje enredado en los arbustos, sembrado de puntos blancos. Eran los restos de un cervato, uno de los dos que había visto en el claro. Cuando se adentró más entre los árboles, donde el bosque ya estaba virando hacia la noche, vio un aliso con marcas de garras en el tronco. Aparecían a gran altura, donde sólo un hombre muy alto llegaría. Aunque Trisha no creía que un hombre fuera el autor de esas marcas.

«Te ha estado espiando.» Sí, y la estaba espiando en ese mismo momento. Notó que unos ojos reptaban sobre su piel, como los mosquitos que no la dejaban en paz. Tal vez hubiera imaginado aquellos tres sacerdotes, pero no estaba imaginando los intestinos del ciervo o las marcas de garras en el aliso. No estaba imaginando la sensación de aquellos ojos.

Mientras escrutaba con la mirada el territorio circundante, retrocedió hacia el sonido del arroyo, preparada para ver en el bosque al dios de los Extraviados. Dejó atrás la maleza y, con la ayuda de ramas pequeñas, llegó hasta el arroyo. Lo atravesó saltando de roca en roca, en parte convencida de que aquello la estaba siguiendo, algo provisto de garras, colmillos y aguijones. Resbaló en la segunda roca, estuvo a punto de caer al agua, consiguió conservar el equilibrio y llegó a la orilla opuesta. Dio media vuelta y miró. No vio nada. Hasta las mariposas se habían esfumado, apenas una o dos continuaban bailando, reticentes a dar por terminada la jornada laboral.

Sería un buen sitio para pasar la noche, cerca de los arbustos de gaulterias y el claro sembrado de nueces, pero no podía quedarse en el punto donde había visto a los sacerdotes. Debían de ser figuras entrevistas en un sueño, pero el del hábito negro había sido horrible. Además, estaba el cervato. En cuanto las moscas marcaran su territorio, las oiría zumbar.

Trisha abrió la mochila y sacó un puñado de bayas.

—Gracias —les dijo—. Sois la mejor comida que he tomado nunca.

Caminó arroyo abajo, mientras comía unas cuantas nueces. Al cabo de un rato empezó a cantar, vacilante al principio, pero después con entusiasmo, a medida que el día declinaba.

—Rodéame con los brazos... porque quiero estar cerca de ti... contigo para siempre... me haces sentir como nueva...

Sí.

PRINCIPIO DE LA SÉPTIMA

Mientras el crepúsculo viraba hacia la verdadera oscuridad, Trisha llegó a un lugar rocoso que daba a un pequeño valle envuelto en sombras azuladas. Inspeccionó el valle con ansiedad, con la esperanza de ver luces, pero no había ninguna. Un somorgujo gritó desde algún sitio, y un cuervo le respondió. Eso fue todo.

Miró alrededor y vio varios salientes rocosos de escasa altura, entre los cuales se alzaban montículos de agujas de pino. Trisha dejó la mochila al pie de una de estas lomas, se encaminó hacia la pinada más cercana y rompió suficientes ramas para improvisar un colchón. La oscuridad había despertado en ella sensaciones, ahora ya familiares, de soledad y añoranza del hogar, pero lo peor de sus terrores ya había pasado. También había desaparecido la sensación de que la vigilaban. Si había algo en el bosque, se había alejado y la había dejado sola.

Volvió al arroyo, se arrodilló y bebió. Había sufrido retortijones durante todo el día, pero pensaba que su cuerpo se estaba adaptando al agua.

—Las bayas y las nueces no representan ningún problema —dijo, y sonrió—. Salvo por alguna que otra pesadilla.

Volvió hacia la mochila y la cama improvisada, sacó el walkman y se puso los auriculares. Sopló una brisa a su lado, que refrescó su piel sudada y le provocó escalofríos. Trisha extrajo los restos de su poncho y extendió sobre ella el sucio plástico azul, como si fuera una manta. No le dio mucho calor, pero la idea es lo que cuenta (ésta era de su madre).

Encendió el walkman, pero aunque no había cambiado de emisora sólo obtuvo una tenue estática. Había perdido la WCAS.

Movió el dial de la FM. Localizó música clásica en el 95 y un predicador que vociferaba acerca de la salvación en el 99. Trisha estaba muy interesada en la salvación, pero no precisamente en aquella de la que hablaba aquel individuo. La única ayuda del Señor que deseaba en ese momento era un helicóptero lleno de gente amigable. Siguió moviendo el dial, escuchó a Celine Dion con nitidez en el 104, vaciló, y siguió girando el dial. Aquella noche quería a los Red Sox, a Joe y Troop, no a Celine cantando que su corazón seguiría y seguiría y seguiría.

No había béisbol en la FM, de hecho no había nada de nada. Trisha cambió a la banda de AM y movió el dial hasta el 850, que era la WEEI de Boston, la emisora insignia de los Red Sox. No esperaba una recepción perfecta ni mucho menos, pero tendría paciencia. De noche se podía coger mucha AM, y la WEEI tenía una señal potente. Además, Trisha tenía todo el tiempo del mundo. Aquella noche no tenía ninguna cita excitante ni nada por el estilo. ¡Ja!

La WEEI se recibía bien, tan clara como el agua, pero Joe y Troop no estaban. En su lugar había uno de esos tipos que su padre llamaba «charlatanes idiotas». Éste era un charlatán idiota de deportes. ¿Estaría lloviendo en Boston? ¿Habrían aplazado el partido? Trisha miró con escepticismo su trozo de cielo, donde las primeras estrellas titilaban como lentejuelas sobre terciopelo azul oscuro. Al cabo de poco rato habría cientos. No distinguió ninguna nube. Claro que estaba a 225 kilómetros de Boston, tal vez más, pero...

El charlatán idiota estaba hablando con Walt de Framingham. Walt hablaba por el teléfono de su coche. Cuando el charlatán idiota preguntó dónde se encontraba ahora, Walt de Framingham dijo: «En Danvers, Mike», y pronunció el nombre de la ciudad como la gente de Massachusetts, «Danvizz», de forma que no sonaba como una ciudad sino como un medicamento para la diarrea de los bebés. «¿Se ha perdido en el bosque? ¿Ha bebido agua del arroyo y, como resultado, no para de cagar? ¡Una tableta de Danvizz y se sentirá mejor en un periquete!»

Walt de Framingham quería saber por qué Tom Gordon siempre señalaba al cielo cuando conseguía un salvado («Ya sabes, Mike, ese rollo de señalar», fue la expresión de Walt), y Mike, el charlatán idiota deportivo, explicó que era la manera con que el número 36 daba gracias a Dios.

«Debería señalar a Joe Kerrigan —dijo Walt de Framingham—. Fue idea de Kerrigan asignarle el puesto de cerrador. Al principio, no daba una, ¿sabes?»

«Tal vez Dios inspiró la idea a Kerrigan, ¿se te ha ocurrido pensar en eso, Walt? —preguntó el charlatán idiota de deportes—. Joe Kerrigan es el entrenador de los lanzadores de los Red Sox, para los que no lo saben.»

—Yo sí lo sé, capullo —murmuró Trisha, impaciente.

«Estamos hablando sobre todo de los Sox esta noche, mientras disfrutan de una de sus escasas noches libres —explicó Mike, el charlatán idiota de deportes—. Mañana inician una serie de tres partidos con Oakland. Mañana disfrutarán de toda la acción aquí, en la WEEI, pero hoy es fiesta.»

Hoy es fiesta, eso lo explicaba todo. Trisha experimentó una abrumadora y absurda decepción, y más lágrimas acudieron a sus ojos. Lloraba con mucha facilidad últimamente, de hecho lloraba por cualquier cosa. Pero el partido le hacía mucha ilusión. Ignoraba hasta qué punto necesitaba las voces de Joe Castiglione y Jerry Trupiano, hasta que descubrió que no iba a oírles.

«Tenemos algunas líneas abiertas —dijo el charlatán idiota—, vamos a por ellas. ¿Alguno de los oyentes cree que Mo Vaughn debería dejar de portarse como un crío y firmar sobre la línea de puntos? ¿Cuánto dinero necesita este tipo? Buena pregunta, ¿verdad?»

—Una pregunta estúpida, capullo —dijo Trisha, irritada—. Si supieras batear como Mo, tú también pedirías un montón de dinero.

«¿Quieren hablar sobre Pedro Martínez el Maravilloso? ¿Sobre Darren Lewis? ¿Sobre el sorprendente descansadero de los Sox? Una agradable sorpresa de los Red Sox, ¿no creen? Llámenme, díganme su opinión. Después de esto.»

Una voz dichosa empezó a canturrear una tonada conocida: «¿A quién llamas cuando se te rompe el parabrisas?».

—1-800-54-GIANT —dijo Trisha.

Abandonó la WEEI. Quizá podría sintonizar otro partido. Hasta los odiados Yankees servirían. Pero antes de encontrar un partido de béisbol, se quedó transfigurada al oír su nombre.

«... se están esfumando para la niña de nueve años Patricia McFarland, desaparecida desde el sábado por la mañana.»

La voz del locutor se oía desvaída, fluctuante, apagada por la estática. Trisha se inclinó y apretó más los auriculares en los oídos.

«Las autoridades policiales de Connecticut, siguiendo una pista comunicada por teléfono a la policía estatal de Maine, han detenido hoy a Francis Raymond Mazzerole, de Weymouth, Massachusetts, y le han interrogado durante seis horas en relación con la desaparición de la pequeña McFarland. Mazzerole, un obrero de la construcción que actualmente trabaja en el proyecto de un puente en Hartford, ha sido condenado dos veces por pederastia, y tiene solicitada la extradición a Maine por causas pendientes de acoso sexual y pederastia. Al parecer, ignora por completo el paradero de Patricia McFarland. Fuentes próximas a la investigación refieren que Mazzerole afirma haber estado en Hartford el pasado fin de semana, y numerosos testigos corroboran...»

El sonido se desvaneció. Trisha apagó el aparato y se quitó los auriculares. ¿Aún la estaban buscando? Era probable, pero imaginó que habían dedicado casi todo el día a interrogar al tal Mazzerole.

—Qué pandilla de inútiles —dijo desconsolada, y devolvió el walkman a la mochila.

Se tendió sobre las ramas de pino, extendió el capote sobre ella, se quitó las zapatillas y buscó la postura más cómoda. Sopló una leve brisa, y se alegró de haber elegido un sitio entre los salientes rocosos. La noche era fresca, y la temperatura bajaría aún más antes de que saliera el sol.

Sobre su cabeza brillaban miles de estrellas, tal como estaba previsto. Miles, ni una más ni una menos. Su brillo se apagaría un poco cuando saliera la luna, pero ahora brillaban lo suficiente para pintar de escarcha sus sucias mejillas. Como siempre, Trisha se preguntó si existiría vida en alguno de aquellos puntos brillantes. ¿Habría selvas pobladas por fabulosos animales alienígenas? ¿Pirámides? ¿Reyes y gigantes? ¿Alguna versión del béisbol?

—¿A quién llamas cuando se te rompe el parabrisas? —cantó en voz baja Trisha—. 1-800-54...

Se interrumpió y aspiró el aire sobre el labio inferior, como si se hubiera hecho daño. Fuego blanco surcó el cielo cuando una estrella cayó. La estela recorrió la mitad del cielo, y luego se apagó. No era una estrella, por supuesto, una estrella de verdad, sino un meteoro.

Vio otra, y después otra. Trisha se incorporó, los harapos del capote cayeron sobre su regazo, con los ojos abiertos de par en par. Llegó una cuarta y una quinta, en otra dirección. No era sólo un meteoro, sino una lluvia de meteoros.

Como si algo hubiera estado esperando a que lo comprendiera, el cielo se iluminó en una silenciosa tormenta de estelas brillantes. Trisha miraba con la cabeza ladeada, los ojos como platos y los brazos cruzados sobre el pecho, aferrándose los hombros con sus manos de uñas mordisqueadas. Nunca había visto algo así, nunca había soñado que pudiera existir algo así.

—¡Oh, Tom! —susurró con voz temblorosa—. ¡Oh, Tom, mira eso! ¿Lo ves?

En su gran mayoría eran destellos blancos que desaparecían con tal rapidez que habrían parecido alucinaciones, de no haber tantos. Unos cuantos, no obstante (cinco u ocho), iluminaron el cielo como fuegos artificiales silenciosos, brillantes franjas de un naranja rabioso en los bordes. Podía tratarse de un engaño visual, pero Trisha no lo creyó así.

Por fin, la lluvia empezó a disiparse. Trisha se tumbó de nuevo y acomodó las partes doloridas de su cuerpo hasta encontrar la postura adecuada. Mientras tanto, no dejó de vigilar los destellos cada vez más ocasionales, hasta que se quedó dormida.

Sus sueños fueron vívidos pero fragmentarios: una especie de lluvia de meteoros mental. El único que recordaría con claridad fue el que tuvo justo antes de despertarse en plena noche, tosiendo y con frío, tendida de costado con las rodillas contra la barbilla, sacudida por temblores.

En el sueño, Tom Gordon y ella se encontraban en una pradera sembrada de arbustos y árboles jóvenes, sobre todo abedules. Tom estaba de pie junto a un poste astilloso que le llegaba a la altura de la cadera. Sobre él había un viejo perno de aro, rojizo a causa de la herrumbre. Tom lo movía entre sus dedos de un lado a otro. Llevaba la chaqueta de calentamiento sobre el uniforme. El uniforme gris asfalto. Esta noche estaría en Oakland. Había interrogado a Tom acerca de «ese rollo de señalar». Sabía la respuesta, por supuesto, pero preguntó de todos modos. Tal vez porque Walt de Framingham había querido saberlo, y un retrasado mental como Walt no creería a una niña pequeña perdida en el bosque. Walt querría saberlo de labios del cerrador.

—Señalo porque la naturaleza de Dios consiste en manifestarse al final de la novena —dijo Tom. Dio vueltas al perno de aro entre sus dedos. De un lado a otro, de un lado a otro. ¿A quién llamas cuando se ha roto tu perno de aro? Marcas el 1-800-54-PERNODEARO, por supuesto—. En particular cuando las bases están llenas y sólo hay un eliminado.

Algo castañeteó en el bosque, tal vez en señal de burla. El castañeteo aumentó de intensidad, hasta que Trisha abrió los ojos en la oscuridad y se dio cuenta de que era el sonido de sus dientes.

Se levantó poco a poco, mientras todo su cuerpo protestaba. Sus piernas eran la parte más dolorida, seguida de la espalda. Una ráfaga de viento la azotó (esta vez no era una brisa sino una ráfaga) y estuvo a punto de derribarla. Se preguntó cuánto peso habría perdido. Una semana así, y podrán atarme a una cuerda y hacerme volar como una cometa. Rió de la idea, y la risa se convirtió en otro ataque de tos. Permaneció de pie con las manos apoyadas en las piernas, justo encima de las rodillas, la cabeza gacha, tosiendo. Las toses se iniciaban en el pecho y salían de su boca como ladridos. Estupendo. Fantástico. Se tocó la frente, pero no pudo decidir si tenía fiebre o no.

Caminó lentamente, con las piernas bien abiertas (el trasero le escocía menos así), volvió a los pinos y rompió más ramas, esta vez con la intención de apilarlas sobre ella como si fueran mantas. Volvió a su lecho improvisado con los brazos cargados, regresó por más y se detuvo a mitad de camino entre los árboles y el lugar donde había elegido dormir. Describió un lento círculo bajo las estrellas de las cuatro de la mañana.

—Déjame en paz, ¿quieres? —gritó, y empezó a toser otra vez. Cuando la tos cedió, lo repitió en voz más baja—: ¿No puedes parar ya? ¿No puedes dejarme en paz?

Nada. Ningún ruido, sólo el susurro del viento entre los árboles... y un gruñido. Bajo y suave, ni remotamente humano.

Trisha permaneció donde estaba sosteniendo su fragante cargamento de ramas. Se le puso la piel de gallina. ¿De dónde había venido ese gruñido? ¿De este lado del arroyo? ¿Del otro? ¿De la pineda? Tuvo la horrible idea, casi una certidumbre, de que venía de los pinos. La cosa que la estaba espiando estaba entre los pinos. Mientras recogía ramas con las que cubrirse, tal vez su cara se había detenido a menos de un metro de la suya. Sus garras, las que habían arañado los árboles y desmembrado a los ciervos, tal vez se habían inmovilizado a escasos centímetros de sus manos, dedicadas a arrancar y cortar ramas.

Trisha tosió de nuevo, y eso la impulsó a moverse. Dejó caer las ramas y se arrastró entre ellas sin el menor intento de crear orden en aquel caos. Se encogió y gimió cuando una de ellas se le hincó en la cadera, y después se quedó quieta. Intuyó que se acercaba, que salía de los pinos e iba por ella de una vez por todas. La cosa tan especial de la niña impertinente, el dios de los Extraviados del sacerdote-avispa. Podías llamarlo como te diera la gana: el señor de los lugares oscuros, el emperador de los sótanos, la peor pesadilla de un niño. Fuera como fuese, se había cansado de jugar con ella. Ahora apartaría a zarpazos las ramas que la cubrían y se la comería viva.

Trisha, sacudida por toses y escalofríos, perdido todo sentido de la realidad y la racionalidad (momentáneamente loca, de hecho), enlazó las manos bajo la nuca y esperó a que las garras de aquella cosa la desgarraran y la engullera con su boca erizada de colmillos. Se quedó dormida así, y cuando despertó con las primeras luces de la mañana del martes, se le habían dormido ambos brazos, y al principio tampoco pudo doblar el cuello. Tuvo que caminar con la cabeza algo ladeada.

Supongo que ya no tendré que preguntarle a la abuela qué se siente cuando uno es viejo, pensó mientras orinaba en cuclillas. Creo que ahora lo sé.

Mientras regresaba a la pila de ramas donde había dormido

(como una ardilla en una madriguera, pensó con ironía), vio que una de las lomas repletas de agujas (la más cercana a la suya, de hecho) parecía removida. Habían esparcido las agujas y cavado hasta dejar al descubierto la tierra negra. Así pues, tal vez no había enloquecido. O no del todo. Porque después de que ella se durmiera, algo había venido. Tal vez se había acuclillado a su lado y la había observado mientras dormía. Se preguntó si ya había llegado el momento de devorarla, y al final decidió que no, que la dejaría madurar un día más. Para que se endulzara como una gaulteria.

Trisha dio vueltas en círculos, con una leve sensación de *déjà vu*, pero no recordó si había descrito el mismo círculo casi en el mismo lugar, tan sólo unas horas antes. Se detuvo cuando volvió al punto de partida, y cubrió una tos nerviosa con la mano. Cuando tosió le dolió el pecho, un pequeño dolor sordo muy profundo. No le importó demasiado. Al fin y al cabo, el dolor era cálido, y notaba frío en el resto de su cuerpo.

—Se ha ido, Tom —dijo—. Sea lo que sea, se ha ido. Al menos por un rato.

«Sí —dijo Tom—, pero volverá. Tarde o temprano, tendrás que enfrentarte a eso.»

—Ya ha habido bastante maldad por hoy —dijo Trisha.

Ésa era de la abuela McFarland. No sabía muy bien qué significaba, pero creía saberlo más o menos, y le pareció adecuado para aquella ocasión.

Se sentó sobre una roca al lado de su loma y comió tres puñados de bayas y hayucos, diciéndose que eran galletas. Las bayas no eran tan sabrosas esa mañana (un poco duras, de hecho), y Trisha supuso que estarían menos sabrosas aún a la hora de comer. De todos modos, se obligó a comer los tres puñados, y después se acercó al arroyo a beber. Vio otra cría de trucha en el agua, y si bien las que había visto hasta el momento no eran mucho más grandes que eperlanos o sardinas grandes, decidió de repente apoderarse de una. Su cuerpo había empezado ya a desentumecerse, hacía más calor a medida que el sol ascendía en el cielo, y empezó a sentirse un poco mejor. Casi esperanzada. Tal vez afortunada, incluso. Hasta la tos había cesado.

Volvió a su cama improvisada, extrajo los restos de su pobre capote y lo extendió sobre uno de los afloramientos rocosos. Buscó una piedra de borde afilado y la encontró cerca del lugar donde el arroyo caía sobre el extremo redondeado del peñasco hasta el valle. La pendiente era tan empinada como aquella por la que había resbalado el día que se había perdido (tenía la sensación de que habían transcurrido cinco años desde entonces), pero pensó que el descenso sería más fácil. Había montones de árboles a los que cogerse.

Trisha se acercó con su improvisada herramienta cortante al capote (extendido de aquella manera sobre la roca, parecía una gran muñeca de papel azul), y cortó la capucha por debajo de la línea de los hombros. Dudaba de poder atrapar un pez con la capucha, pero sería divertido intentarlo y no tenía ganas de probar la pendiente hasta haberse alimentado un poco más. Canturreó para sí mientras trabajaba, primero la canción de los Boyz To Da Maxx que se le había metido en la cabeza, después el *MMMm-Bop* de los Hansons, y después un fragmento de *Take Me Out to the Ballgame*, pero en particular repetía aquello de «¿A quién llamas cuando se te rompe el parabrisas?».

La brisa helada de la noche había alejado a los insectos, pero a medida que aumentaba el calor se iba formando la nube habitual alrededor de la cabeza de Trisha. Apenas reparó en ellos, y sólo soltaba un manotazo impaciente cuando se le acercaban demasiado a los ojos.

Cuando hubo terminado de cortar la capucha, la sostuvo al revés y la examinó. Interesante. Un trabajo estúpido, sin duda, pero no por ello menos interesante.

—¿A quién llamas, nena, a quién llamas cuando se te ha roto la maldita cosa? —canturreó Trisha, y caminó hacia el arroyo.

Plantó los pies sobre dos rocas que sobresalían a ambos lados del agua. Miró la corriente entre sus piernas abiertas. Se veía con claridad el lecho guijarroso. En aquel momento no había ningún pez, pero si quería aprender a pescar debía ser paciente.

—Rodéame con tus brazos... porque voy a comerte —cantó, y luego rió. ¡Qué tontería! Se agachó y hundió su red improvisada en el arroyo.

La corriente tiró de la capucha entre sus piernas, pero siguió abierta. El problema era su postura: la espalda inclinada y la cabeza al nivel de la cintura. No podría continuar así durante mucho rato más, y si intentaba acuclillarse entre las rocas sus piernas doloridas y temblorosas la traicionarían y acabaría cayendo en el arroyo. Lo cual no contribuiría a la mejoría de su tos.

Cuando sus sienes empezaron a latir, Trisha dobló las rodillas y alzó el torso un poco. Miró arroyo arriba y vio tres destellos plateados (peces, sin duda) que venían hacia ella. Si hubiera tenido tiempo de reaccionar, habría dado un tirón a la capucha sin conseguir nada. Pero sólo tuvo tiempo para un único pensamiento

(como estrellas fugaces submarinas)

y los destellos plateados culebrearon entre las rocas sobre las que estaba erguida. Uno de ellos se escurrió, pero los otros dos se metieron de cabeza en la capucha.

—¡Bingo! —gritó Trisha.

Con ese grito (que expresaba tanto desaliento y sobresalto como alegría), se inclinó y cerró el borde de la capucha. Estuvo a punto de perder el equilibrio y caer al arroyo, pero logró mantenerse erguida. Alzó la capucha, llena de agua, y volvió a la orilla. Una trucha se retorció y consiguió escurrirse, cayó al agua y se alejó con la corriente.

—¡Caracoles! —gritó Trisha, al tiempo que reía.

Cuando llegó a terreno llano, miró en el interior de la capucha, convencida de que no habría nada. Había perdido el otro pez, porque las chicas no pescan truchas, ni siquiera crías, con las capuchas de sus capotes. Sin embargo, la trucha continuaba allí, dando vueltas como en una pecera.

—Dios, ¿qué voy a hacer ahora? —dijo Trisha. Era una auténtica súplica.

Fue su cuerpo quien contestó, no su espíritu. Había visto montones de dibujos animados en que el Coyote miraba al Correcaminos y lo veía convertido en la comida de Acción de Gracias. Ella reía, Pete reía, hasta mamá reía. Trisha no rió ahora. Las bayas y los hayucos del tamaño de pepitas de girasol estaban muy bien, pero no bastaban. Ni siquiera cuando los comías mezclados y te decías que eran galletas, no bastaban. La reacción de su cuerpo a la trucha de veinte centímetros que nadaba en la capucha azul era radicalmente diferente, no se trataba exactamente de hambre sino de una especie de apretujón, un calambre que nacía de su estómago pero, en realidad, llegaba de todas partes, un grito inarticulado

(DAME ESO)

muy poco relacionado con el cerebro. Era una trucha, una cría que no llegaba al tamaño legal, pero vieran lo que vieran sus ojos, su cuerpo veía comida. Comida de verdad.

Trisha sólo tenía una idea clara cuando acercó la capucha a los restos del capote, que seguía extendido sobre el afloramiento (una muñeca de papel sin cabeza): Lo haré, pero nunca hablaré de ello. Si me encuentran y me rescatan, les contaré todo, excepto que me caí sobre mi propia mierda... y esto.

Actuó sin planificación ni escrúpulos. Su cuerpo apartó a su mente de un manotazo y tomó el control. Derramó el contenido de la capucha sobre el suelo cubierto de agujas, y vio al pececillo dar saltos, casi asfixiado. Cuando quedó inmóvil, lo cogió, lo depositó sobre el capote y lo abrió en canal con una piedra. Surgió un hilillo de líquido, más parecido a mocos que a sangre. Vio las diminutas tripas rojas del pez. Las extrajo con la uña del pulgar. Debajo había espina. Intentó sacarla y extrajo la mitad. Durante ese trajín su mente sólo intentó imponerse en una ocasión: «No te comas la cabeza», le dijo en un tono razonable que no disimulaba el horror y el asco. «Quiero decir... los ojos, Trisha. ¡Los ojos!» Después, su cuerpo tomó de nuevo el mando, esta vez con más rudeza. «Cuando quiera tu opinión, golpearé los barrotes de tu jaula», solía decir Pepsi.

Trisha cogió el pececillo por la cola, volvió al arroyo y lo hundió para limpiarlo. Luego engulló la mitad superior de la trucha. Crujieron pequeñas espinas entre sus dientes. Su mente intentó mostrarle los ojos de la trucha, que se deslizaban por su lengua como oscuros fragmentos de jalea. Visualizó una imagen borrosa, pero su cuerpo volvió a imponerse, implacable. La mente volvería cuando fuera necesario. La imaginación volvería cuando fuera necesario. En ese momento, su cuerpo estaba al mando, y el cuerpo decía: «Comida, es comida, tal vez sea demasiado temprano, pero la comida está servida; esta mañana tenemos pescado fresco».

El trozo de trucha descendió por su garganta como un gran trago de aceite con grumos. El sabor era horrible y maravilloso al mismo tiempo. Sabía a vida. Trisha meneó la otra mitad de la trucha, dedicó un momento a extraer un trozo de espina, y susurró:

—Marque el 1-800-54-PESCADO FRESCO.

Y se zampó el resto de la trucha, con cola y todo.

Una vez terminado el ágape, se secó la boca y se preguntó si lo vomitaría todo. Había comido pescado crudo, y si bien el sabor todavía anegaba su garganta, apenas podía creerlo. Su estómago sufrió una arcada, y Trisha pensó: Ya está. Eructó y su estómago se tranquilizó. Apartó la mano de la boca y vio algunas escamas relucientes en la palma. Las secó en los tejanos con una mueca, y después se acercó a su mochila y guardó los restos del capote y la capucha cortada (que había funcionado muy bien, al menos con peces jóvenes y estúpidos) junto con sus restantes provisiones. Volvió a colgarse la mochila. Se sentía fuerte, avergonzada de sí misma, orgullosa de sí misma, febril y un poco chiflada.

No hablaré de esto, así de claro. No he de hablar de esto y no lo haré. Aunque salga de aquí.

—Y merezco salir —dijo en voz baja—. Cualquiera capaz de comer pescado crudo merece salir.

«Los japoneses comen a montones», dijo la niña impertinente, mientras Trisha se ponía en marcha siguiendo el curso del arroyo.

—Pues se lo diré a ellos —dijo Trisha—. Si alguna vez voy a su país, se lo diré.

Por una vez, la niña impertinente pareció quedarse sin respuesta. Trisha se alegró.

Bajó la pendiente hasta llegar al valle, donde el arroyo atravesaba un bosque de abetos y árboles caducos entremezclados. Formaban una masa casi compacta, pero había menos maleza y pocos zarzales, y Trisha avanzó sin dificultades durante casi toda la mañana. No experimentaba la sensación de que la vigilasen, y el pescado había revitalizado su energía. Fingió que Tom Gordon paseaba con ella, y sostuvieron una larga e interesante conversación, que giró casi siempre alrededor de Trisha. Por lo visto, Tom quería saber todo sobre ella: sus clases favoritas en la escuela, por qué pensaba que el señor Hall era malvado si ponía deberes los viernes, por qué Debra Gilhooly era tan desagradable, cómo se les había ocurrido a Pepsi y a ella la idea de disfrazarse de Spice Girls el último Halloween, cuando mamá había dicho que la madre de Pepsi podía hacer lo que quisiese, pero que su hija de nueve años no iba a salir por ahí con minifalda, tacones altos y un top. Tom comprendía perfectamente la vergüenza padecida por Trisha.

Le estaba contando que Pete y ella pensaban regalar a su padre un puzzle personalizado para el día de su cumpleaños, comprado a la empresa de Vermont que los fabricaba (si era demasiado caro, se conformarían con una cortadora de césped), cuando se detuvo con brusquedad. Dejó de moverse. Dejó de hablar.

Escudriñó el arroyo con expresión compungida, mientras una mano espantaba de manera automática a la nube de insectos que rodeaba su cabeza. La maleza empezaba a crecer entre los árboles, que eran más enclenques. La luz era más brillante. Los grillos zumbaban y cantaban.

—No —dijo Trisha—. No. Ni hablar. Otra vez no.

El silencio reciente del arroyo era lo que la había distraído de su fascinante conversación con Tom Gordon (las personas imaginarias eran los mejores oyentes). El agua ya no susurraba ni alborotaba, debido a que la velocidad de la corriente había disminuido. Había más hierba en su lecho que sobre el valle. Estaba empezando a dispersarse.

—Si desemboca en otro pantano me mataré, Tom.

Una hora después, Trisha avanzaba cansinamente por un bosque de álamos y abedules. Se llevó la mano a la frente para aplastar un mosquito particularmente pesado, y la dejó allí, la viva imagen de un ser humano agotado y que no sabe qué hacer o a dónde dirigirse.

En algún momento, el arroyo había desbordado sus orillas de baja altura e inundado una extensa zona de tierra despejada, de manera que había creado un pantano poco profundo de cañas y espadañas. Entre la vegetación, el sol brillaba sobre las aguas estancadas. Los grillos chirriaban; las ranas croaban; en el cielo, dos halcones planeaban con sus alas inmóviles. En algún lugar, un cuervo graznaba. El aspecto del pantano no era desagradable, como la marisma de lomas y madera podrida que había vadeado, pero se extendía durante al menos dos kilómetros (o tal vez tres) antes de llegar a un cerro bajo cubierto de pinos.

Y el arroyo, por supuesto, había desaparecido.

Trisha se sentó en el suelo y empezó a decir algo a Tom Gordon, pero comprendió lo estúpido que resultaba mentir cuando estaba claro (más claro a cada hora que pasaba) que iba a morir. Daba igual cuánto caminara o cuántos peces lograra comerse. Se echó a llorar, con la cara entre las manos.

—¡Quiero a mi madre! —gritó. Los halcones se habían ido, pero el cuervo seguía graznando cerca de aquel cerro boscoso—. ¡Quiero a mi madre, quiero a mi hermano, quiero mi muñeca, quiero ir a casa!

Las ranas sólo croaban, y le recordaban la historia que papá le había leído cuando era pequeña: un coche atascado en el barro, y todas las ranas croando alrededor. Le había dado mucho miedo.

Lloró con todas sus fuerzas, y en un momento dado sus lágrimas (tantas lágrimas, tantas malditas lágrimas) la irritaron. Alzó la vista, rodeada de insectos, y las odiadas lágrimas continuaron resbalando por su cara.

—¡Quiero a mi madre! ¡Quiero a mi hermano! ¡Quiero salir de aquí. ¿Me oyes?

Pataleó con tal fuerza que una zapatilla salió disparada. Sabía que estaba sucumbiendo a un berrinche, el primero desde los cinco o seis años, pero le daba igual. Se tumbó de espaldas, golpeó el suelo con los puños, luego arrancó puñados de hierba y los lanzó al aire.

—¡¡Quiero salir de aquí!! ¿Por qué no me encontráis, capullos de mierda? ¿Por qué no me encontráis? ¡¡¡Quiero... ir... a... casa!!!

Siguió con la vista clavada en el cielo, jadeante. Le dolía el estómago y la garganta de tanto gritar, pero se sintió un poco mejor, como si se hubiera desembarazado de algo peligroso. Se cubrió la cara con un brazo y dormitó, sin dejar de sorber por la nariz.

Cuando despertó, el sol estaba situado sobre el cerro, al otro lado del pantano. El día había dado paso a la tarde. «Dime, Johnny, ¿qué tenemos para nuestros concursantes? Bien, Bob, tenemos otra tarde. El premio no es muy importante, pero imagino que es lo mejor que una pandilla de capullos de mierda como nosotros puede conseguir.»

La cabeza le dio vueltas cuando se levantó. Un escuadrón de moscones negros voló perezosamente ante su campo de visión. Por un momento creyó que iba a desmayarse. La sensación pasó, pero la garganta le dolió cuando tragó saliva, y notó la cabeza caliente. No tendría que haberme dormido bajo el sol, se dijo, sólo que dormirse bajo el sol no era el motivo de que se sintiera así. La razón era que estaba enfermando.

Se puso la zapatilla perdida durante su estúpida pataleta y luego comió un puñado de bayas y bebió agua. Divisó un matorral de helechos al borde del pantano y los comió. Eran sosos y mucho más duros que sabrosos, pero se obligó a engullirlos. Una vez terminada la merienda, se levantó y miró hacia el otro lado del pantano, pero esta vez se protegió los ojos del sol. Al cabo de un momento meneó la cabeza con movimientos lentos y cansados, el gesto de una mujer, no el de una niña, incluso el de una anciana. Veía el cerro con claridad y estaba segura de que el terreno era seco, pero se sentía incapaz de atravesar otra ciénaga con las zapatillas atadas alrededor del cuello. Ni aunque ésta fuera menos profunda que la anterior y el suelo menos asqueroso. Ni por todos los helechos del mundo. ¿Para qué, si no había arroyo que seguir? Tal vez encontraría ayuda, u otro arroyo.

Con esta idea, torció hacia el norte y caminó por la ribera este del pantano, que se extendía sobre casi todo el lecho del valle. Había hecho muchas cosas bien desde que se perdiera, más de las que imaginaba, pero aquélla fue una mala decisión, la peor que tomaba desde que abandonara el sendero. Si hubiera atravesado la ciénaga y trepado al cerro, habría visto Devlin

Pond, en las afueras de Green Mount, New Hampshire. Devlin era pequeño, pero había cabañas en el extremo sur y una carretera rural que conducía a la carretera 52 de New Hampshire.

Un sábado o un domingo, Trisha habría oído sin duda el zumbido de las motoras en el estanque, conducidas por los que practicaban esquí acuático con sus críos. Después del Cuatro de Julio había motoras todos los días de la semana, a veces tantas que debían esforzarse para no chocar. Pero estaba a mediados de una semana de principios de junio, y en Devlin no había nadie más que un par de pescadores con barquitas de vela, y por lo tanto Trisha sólo oyó las aves, las ranas y los insectos. En lugar de encontrar el estanque, se desvió hacia la frontera canadiense y empezó a adentrarse más en los bosques. A unos seiscientos kilómetros de distancia en línea recta se encontraba Montreal.

LA ETERNA SÉPTIMA ENTRADA

El año anterior a la separación y el divorcio, los McFarland habían pasado una semana en Florida, durante las vacaciones de febrero de Pete y Trisha. Habían sido unas malas vacaciones, los niños dedicados a recolectar conchas en la playa, tristes, y los padres a pelear en la casita alquilada (él bebía demasiado, ella gastaba demasiado, me prometiste que, nunca has hecho tal, y bla bla bla bla bla). Cuando regresaron, a Trisha le tocó el asiento de ventanilla del avión, en lugar de a su hermano. El avión había descendido hacia el aeropuerto de Logan a través de capas de nubes, y evolucionaba con tanta cautela como una vieja gorda que paseara por una acera donde se hubiera formado escarcha. Trisha había mirado, fascinada, con la frente apretada contra la ventanilla. Estaban en un mundo de un blanco perfecto... Distinguió un breve destello de tierra, o de las aguas grises del puerto de Boston... Más blanco... Otro destello de tierra o de agua.

Los días posteriores a su decisión de desviarse hacia el norte fueron como ese descenso: un banco de nubes en su mayor parte. No confiaba en algunos de sus recuerdos. El martes por la noche, la frontera entre la realidad y la fantasía había empezado a difuminarse. El sábado por la mañana, después de una semana en el bosque, casi se había desvanecido. Ese sábado (aunque Trisha no lo reconociera como sábado; ya había perdido la cuenta de los días), Tom Gordon se había convertido en su compañero inseparable, no fingido, sino aceptado como real.

Pepsi Robichaud caminó con ella cierto tiempo. Las dos cantaron sus dúos favoritos de Boys y Spice Girls, y luego Pepsi pasó por detrás de un árbol y no volvió a salir por el otro lado. Trisha miró detrás del árbol, comprobó que Pepsi no estaba y comprendió que nunca había estado con ella. Se sentó y lloró.

Mientras cruzaba un amplio claro sembrado de rocas, un enorme helicóptero negro, como los que utilizaban los malos en la serie «Expediente X», se detuvo sobre su cabeza. No emitía el menor sonido, salvo el tenue zumbido de su aspa. Trisha agitó las manos y pidió socorro a gritos, y aunque los que iban dentro tenían que haberla visto, el helicóptero negro se alejó y no regresó. Trisha llegó a un bosque de pinos viejos, a través del cual se filtraban rayos oblicuos de sol, como los que se derraman por los vitrales de una catedral. Tal vez fue el jueves. De estos árboles colgaban los cadáveres mutilados de mil ciervos, un ejército de ciervos descuartizados, recubiertos de moscas y gusanos. Trisha cerró los ojos, y cuando volvió a abrirlos, los ciervos habían desaparecido. Encontró un arroyo y lo siguió durante un rato, pero después, o bien la burló o ella perdió su rastro. No obstante, antes de que esto sucediera, vio una enorme cara en el fondo del agua, ahogada pero aún viva, que la miraba y hablaba sin emitir sonidos. Pasó junto a un gran árbol gris que parecía una mano engarfiada. Desde su interior, una voz muerta pronunció su nombre. Una noche despertó porque algo oprimía su pecho, y pensó que la cosa del bosque se había decidido por fin a atacarla, pero cuando extendió la mano no había nada. En varias ocasiones oyó que la llamaban, pero cuando contestó no obtuvo respuesta.

Entre estas nubes de fantasía se colaban vívidos destellos de realidad. Recordó que había descubierto otro tramo de terreno sembrado de bayas, que cubría la ladera de una colina, y que había llenado la mochila mientras cantaba «¿A quién llamas cuando se te rompe el parabrisas?». Recordó que había llenado su botella de Surge con agua de una fuente. Recordó que había tropezado con una raíz y caído al fondo de un pequeño declive, donde había visto flores hermosas, pálidas y aromáticas, graciosas como corolas. Conservaba el recuerdo diáfano de haberse topado con el cuerpo decapitado de un zorro. Al contrario que el ejército de ciervos muertos colgados de los árboles, este cadáver no se desvaneció cuando cerró los ojos y contó hasta veinte. Estaba segura de haber visto a un cuervo colgado cabeza abajo de una rama, y si bien parecía imposible, el recuerdo poseía una cualidad de la que muchos otros (el del helicóptero negro, por ejemplo) carecían: textura y nitidez. Recordó haber pescado con su capucha en el arroyo donde más tarde vio una cara larga y ahogada. No había truchas, pero consiguió capturar algunas crías. Las comió enteras, no sin antes asegurarse de que estaban muertas. La atormentaba la idea de que vivieran en su estómago y luego se transformaran en ranas.

Estaba enferma, no le cabía duda, pero su cuerpo combatió la infección de su garganta, pecho y senos paranasales con notable tenacidad. Durante horas se sentía febril, ajena al mundo. La luz, incluso cuando era tenue y filtrada por la gruesa cobertura de árboles, dañaba sus ojos, y no paraba de hablar, en particular con Tom Gordon, pero también con su madre, su hermano, su padre, Pepsi y todos sus profesores, hasta con la señora Garmond, de la guardería.

Una noche despertó tendida de costado con las rodillas apoyadas contra el pecho, temblorosa a causa de la fiebre y asaltada por una tos tan violenta que temió lo peor. Pero luego, en lugar de empeorar, la fiebre bajó o desapareció por completo, y las jaquecas que la acompañaban se apaciguaron. Otra noche (la de un jueves, aunque ella no lo sabía), durmió de un tirón y despertó casi curada. Si sufrió accesos de tos durante esa noche, no fueron suficientemente violentos como para despertarla.

Sus recuerdos más lúcidos se centraban en haberse tumbado bajo montones de hojas y haber escuchado a los Red Sox, mientras las estrellas lanzaban su frío resplandor desde el cielo. De tres partidos, ganaron dos en Oakland. Tom Gordon había sido el artífice de ambas victorias. Mo Vaughn consiguió dos home runs, y Troy O'Leary (un jugador muy mono, según la humilde estimación de Trisha) uno. Escuchó los partidos por la WEEI, y si bien la recepción empeoraba cada noche, las pilas resistían. Apagaba la radio cuando empezaba a dormirse. Ni una sola vez, ni siquiera la noche en que se vio asaltada por escalofríos, fiebre y diarreas, se durmió con la radio encendida. La radio era su salvavidas. Sin ella se habría rendido.

La niña que se había perdido en el bosque (casi diez años y mayor para su edad) pesaba cuarenta kilos. La niña que ascendió una pendiente cubierta de pinos y desembocó en un claro tantos días después, no pesaba más de treinta. Tenía la cara hinchada a causa de las picaduras de mosquitos, y un herpes considerable había florecido en la comisura izquierda de su boca. Murmuraba una canción para sí («Rodéame con tus brazos, porque quiero estar cerca de ti»), y parecía la heroinómana más joven del mundo. Había utilizado todos los recursos a su alcance, había tenido suerte con el tiempo (temperaturas moderadas, ni una gota de lluvia desde el día que se había perdido), y había descubierto que poseía reservas de energía insospechadas. Ahora, esas reservas se habían agotado casi por completo, y Trisha lo sabía. La niña que atravesaba el claro con paso lento y cansado había llegado al límite de sus fuerzas.

En el mundo que había abandonado, proseguía esporádicamente la búsqueda, pero casi todos los participantes la daban por muerta a estas alturas. Sus padres habían empezado a discutir, aún sin creerlo, si debían celebrar un funeral o esperar a que encontraran el cadáver. Y si decidían esperar, ¿durante cuánto tiempo? A veces, los cuerpos de las personas desaparecidas nunca se encontraban. Pete apenas hablaba, se mostraba hosco y silencioso, con los ojos hundidos. Se llevó a *Moanie Balogna* a su habitación y la acomodó en un rincón, de cara a su cama. Cuando vio que su madre reparaba en la muñeca, dijo: «No la toques. Ni se te ocurra».

En aquel mundo de luces, coches y carreteras asfaltadas, Trisha estaba muerta. En éste, el que existía lejos del sendero, donde a veces los cuervos colgaban cabeza abajo, casi lo estaba. Pero ella seguía trajinando (ésta era de su padre). En ocasiones, su ruta se desviaba un poco al oeste o al este, pero no mucho, y con escasa frecuencia. Su capacidad de avanzar en línea recta era casi tan notable como el rechazo de su cuerpo a rendirse por completo a las infecciones del pecho y la garganta. Tampoco la ayudaba demasiado. Su ruta la alejaba, lenta pero inexorablemente, de ciudades y pueblos, y la adentraba cada vez más en la «chimenea» de New Hampshire.

La cosa del bosque, fuera lo que fuese, la acompañó durante toda la travesía. Si bien Trisha quitaba importancia a la mayor parte de lo que sentía y creía ver, nunca desdeñaba la sensación de la cercanía de lo que el sacerdote-avispa había llamado el dios de los Extraviados. Nunca confundía los árboles arañados (ni el zorro decapitado, por ejemplo) con simples alucinaciones. Cuando intuía la presencia de la cosa (o la oía; varias veces había oído el ruido de ramas rotas en el bosque, y en dos ocasiones escuchó su gruñido inhumano), nunca dudaba de su realidad. Cuando la sensación la abandonaba, tampoco dudaba de que la cosa se había ido. Ahora estaban unidas por algún vínculo ignoto, y así continuaría hasta que ella muriera. Trisha pensaba que ya faltaba poco. «Al doblar la esquina», habría dicho su madre, pero no había esquinas en los bosques. Insectos, pantanos y caídas inesperadas sí, pero esquinas no. No era justo que muriese después de haber luchado con tanta resolución, pero tal injusticia ya no la encolerizaba. Para estar encolerizado hacía falta energía y vitalidad. Trisha casi había agotado ambas.

A mitad de camino de aquel nuevo claro, idéntico a las docenas de claros que ya había cruzado, empezó a toser. Le dolió el pecho, como si algo lo estuviera desgarrando. Trisha se dobló en dos, se agarró a un tocón, y tosió hasta que brotaron lágrimas de sus ojos. Cuando la tos se calmó por fin, esperó a que su corazón se sosegara para incorporarse, y a que aquellas grandes mariposas negras que aleteaban ante sus ojos se alejaran. Menos mal que había podido cogerse a aquel tocón, de lo contrario habría caído al suelo.

Sus ojos se desviaron hacia el tocón y se quedó estupefacta. No estoy viendo lo que creo ver, pensó. Es otra fantasía, otra alucinación. Cerró los ojos y contó hasta veinte. Cuando volvió a abrirlos, las mariposas negras habían desaparecido pero lo demás seguía en su sitio. El tocón no era un tocón. Era un poste. Y encima, atornillado en la madera gris y podrida, había un perno de aro oxidado.

Trisha palpó su realidad. Lo soltó y miró las partículas de herrumbre que cubrían sus dedos. Lo cogió de nuevo y lo movió de un lado a otro. Se sintió asaltada otra vez por aquella sensación de *déjà vu*, como cuando había dado vueltas en círculo, sólo que ahora era más fuerte, y relacionada de alguna manera con Tom Gordon. ¿Qué...?

—Lo has soñado —dijo Tom. Estaba de pie a unos veinte metros de distancia, con los brazos cruzados y el trasero apoyado contra un arce, vestido con un uniforme gris—. Has soñado que veníamos a este lugar.

—¿Sí?

—Claro, ¿no te acuerdas? Era la noche libre del equipo. La noche que oíste a Walt.

—¿Walt...? —El nombre le resultó vagamente familiar, pero el significado se le escapaba.

—Walt de Framingham. El imbécil del teléfono móvil.

Trisha empezó a recordar.

—Y entonces, las estrellas cayeron.

Tom asintió.

Trisha rodeó lentamente el poste, sin soltar el perno de aro. Paseó la vista en torno y comprobó que no se trataba de un claro. Había demasiada hierba, la hierba alta y verde que se veía en campos o prados. Era un prado, o lo había sido en otro tiempo. Si hacías caso omiso de los abedules y los arbustos, y lo abarcabas en su conjunto, no podía confundirse con otra cosa. Era un prado. La gente hacía prados, de la misma manera que clavaba postes en el suelo, postes con pernos de aro encima.

Trisha acarició el poste de arriba abajo, con suavidad para no clavarse alguna astilla. Hacia la mitad descubrió un par de agujeros y un saliente retorcido de metal antiguo. Palpó la hierba. Encontró otra cosa, que arrancó con ambas manos. Resultó una vieja bisagra herrumbrosa. La alzó hacia la luz del sol. Un rayo delgado atravesó uno de los agujeros y proyectó un punto de luz sobre su mejilla.

—Tom —exclamó con voz ahogada. Miró hacia donde lo había visto la última vez, apoyado contra un arce con los brazos cruzados, temiendo que hubiese desaparecido de nuevo. Pero allí estaba y, aunque no sonreía, ella creyó ver la sombra de una sonrisa en sus ojos y su boca—. ¡Mira, Tom!

Alzó la bisagra.

—Era una cancela —dijo Tom.

—¡Una cancela! —repitió ella, extasiada—. ¡Una cancela!

Algo fabricado por seres humanos, en otras palabras. Gente del mundo mágico de luces, aparatos y repelente de insectos.

—Ésta es tu última oportunidad.

—¿Qué? —Le miró, inquieta.

—Son las últimas entradas. No cometas ningún error, Trisha.

—Tom, tú...

Pero Tom ya había desaparecido. Ella no le vio desaparecer porque Tom nunca había estado allí. Era un mero producto de su imaginación.

«¿Cuál es el secreto de cerrar?», le había preguntado. No recordaba cuándo. «Dejar claro que tú eres el mejor», había contestado Tom. Su mente tal vez había reciclado algún comentario oído a medias en un programa deportivo, o tal vez una entrevista posterior a un partido vista con su padre, que rodeaba sus hombros con su brazo, y ella tenía la cabeza apoyada contra él. Es mejor hacerlo cuanto antes.

«Tu última oportunidad. Últimas entradas. No cometas ningún error.»

¿Cómo lo lograré, si ni siquiera sé lo que estoy haciendo?

No había respuesta a esa pregunta, de manera que Trisha volvió a rodear el poste con la mano sobre el perno de aro, con tanta parsimonia y delicadeza como una muchacha sajona participante en un antiguo ritual de cortejo de las fiestas de mayo. El bosque que rodeaba el prado dio vueltas ante su vista, como cuando subía a un tiovivo de Revere Beach u Old Orchard. No parecía muy diferente de los kilómetros de bosque que ya había atravesado, pero ¿cuál era el camino? ¿Cuál era el camino correcto? Aquello era un simple poste, no un poste indicador.

—Un simple poste, no un poste indicador —susurró, al tiempo que andaba un poco más deprisa—. ¿Cómo puede revelarme algo si no es un poste indicador, sólo un simple poste? ¿Cómo puede una tonta como yo...?

Entonces tuvo una idea, y cayó de rodillas, golpeándose una espinilla contra una roca, pero apenas se dio cuenta. Tal vez era un poste indicador. Tal vez.

Porque había sido el poste de una cancela.

Trisha volvió a encontrar los agujeros del poste, por donde habían pasado los tornillos de la bisagra. Se orientó con los pies sobre los agujeros, y después se alejó gateando del poste en línea recta. Una rodilla adelante, después la otra, después la primera...

—¡Ay! —gritó, y apartó la mano de la hierba.

Miró su palma y vio gotitas de sangre. Trisha se inclinó sobre los antebrazos, apartó la hierba, convencida de saber lo que había herido su mano.

Era el fragmento dentado de otro poste, partido a unos treinta centímetros por encima del suelo, y había tenido suerte de no hacerse más daño. Un par de astillas de diez centímetros, afiladas como agujas, sobresalían del poste. Un poco más allá del fragmento, enterrado en la hierba blancuzca y recia que crecía bajo la hierba verde y agresiva de junio, estaba el resto del poste.

«La última oportunidad. Últimas entradas.»

—Sí, y tal vez alguien espera demasiado de una niña —dijo.

Extrajo de la mochila los restos del capote y arrancó una tira. La ató alrededor del trozo de poste, emitiendo una tosecilla nerviosa mientras lo hacía. El sudor resbalaba por su cara.

Se levantó, volvió a cargarse la mochila, y permaneció inmóvil entre el poste que continuaba en pie y la franja de plástico azul que señalaba el caído.

—Aquí estaba la cancela —dijo—. Justo aquí. —Clavó la vista en el frente, en dirección noroeste. Dio media vuelta y miró al sudeste—. No sé por qué alguien puso una cancela aquí, pero sé que nadie se molesta en hacerlo si no hay una carretera, una senda o algo por el estilo. Quiero... —Su voz tembló, al borde de las lágrimas. Se contuvo y continuó su perorata solitaria—. Quiero encontrar el sendero. Cualquier sendero. ¿Dónde está? Ayúdame, Tom.

El número 36 no contestó. Un grajo la sobresaltó y algo se movió en el bosque (no era la cosa, sino un simple animal, tal vez un ciervo, había visto muchos durante los últimos tres o cuatro días), pero eso fue todo. Ante ella, alrededor, había un prado tan antiguo que parecía el claro de un bosque, a menos que te fijaras bien. Al otro lado vio más bosque y más árboles cuyo nombre desconocía. No vio ningún sendero.

«Ésta es tu última oportunidad.»

Trisha se volvió y caminó hacia el noroeste por el claro que conducía al bosque. Luego miró hacia atrás para comprobar que había caminado en línea recta. Como así era, miró al frente. Una leve brisa movía las ramas, que proyectaban manchas huidizas de luz, creando un efecto parecido al de una discoteca. Vio un tronco caído y se acercó con la esperanza de que... pero sólo era un tronco, no otro poste. No vio nada más interesante. Con el corazón acelerado y la respiración entrecortada, regresó al claro, al lugar donde había estado la cancela. Esta vez se situó de cara al sudeste y caminó hasta la linde del bosque.

«Bien, allá vamos —decía siempre Troop—. Son las últimas entradas y los Red Sox necesitan corredores de bases.»

Bosques. Nada más que bosques. Nada parecido a un sendero de cazadores, y mucho menos a un camino. Avanzó un poco más, conteniendo las lágrimas, a sabiendas de que pronto no podría evitarlo. ¿Por qué tenía que soplar el viento? ¿Cómo se podía ver algo con todos aquellos puntitos de luz alrededor? Era como estar en un planetárium.

—¿Qué es eso? —preguntó Tom desde detrás.

—¿Qué? —No se volvió. Ya no consideraba milagrosas las apariciones de Tom—. No veo nada.

—A tu izquierda. Una cosita muy pequeña.

El dedo de Tom apuntó por encima del hombro de Trisha.

—No es más que un tocón —dijo, pero ¿lo era? ¿O sólo tenía miedo de creer que...?

—A mí no me lo parece —dijo el número 36, porque tenía ojos de jugador de béisbol—. Creo que es otro poste, muchacha.

Trisha se acercó al objeto con dificultad (los árboles estaban muy aglutinados en aquella zona, los arbustos eran muy espesos y el suelo, traicionero y cubierto de mantillo), y sí, era otro poste. Con fragmentos herrumbrosos de alambre de espino clavados, como pequeñas pajaritas afiladas.

Trisha apoyó una mano sobre su parte superior corroída y clavó la vista en el bosque engañoso. Conservaba una borrosa memoria de estar sentada en su cuarto un día de lluvia, enfrascada en una actividad que su madre le había enseñado. Había un dibujo, un dibujo muy recargado, y debía encontrar diez objetos ocultos: una pipa, un payaso, un anillo de diamantes, cosas por el estilo.

Necesitaba encontrar un camino. Dios mío, por favor, ayúdame a encontrar el camino, pensó, y cerró los ojos. Rezaba al dios de Tom Gordon, no al Subaudible de su padre. Ahora no estaba en Malden ni en Sanford, y necesitaba un dios que existiera de verdad, uno al que pudieras señalar con el dedo cuando, si lo conseguías, marcabas el tanto decisivo. Dios mío, por favor. Ayúdame en las últimas entradas.

Abrió los ojos de par en par y miró sin ver. Transcurrieron cinco segundos, quince, treinta. Y de repente lo vio. No tenía ni idea de lo que estaba viendo, tal vez un simple vector donde había menos árboles y la luz era un poco más clara, tal vez sólo una pauta sugerente de sombras que indicaban el mismo camino, pero sabía lo que era: los últimos restos de un camino.

No lo perderé mientras evite pensar demasiado, se dijo Trisha, y empezó a caminar. Llegó a otro poste, inclinado en ángulo agudo. Un invierno más de escarcha y heladas, una primavera más de deshielo, y caería y sería engullido por la hierba del verano siguiente. Si pienso demasiado en él o miro con demasiada atención, lo perderé.

Con aquellas ideas en mente, Trisha siguió los escasos postes que continuaban en pie, plantados por un granjero llamado Elias McKorkle en 1905. Señalaban el camino que había abierto en el bosque cuando era joven, antes de que se diera a la bebida y perdiera las ambiciones. Trisha caminaba con los ojos bien abiertos, sin dudar en ningún momento (lo cual daría la oportunidad a su mente de intervenir y traicionarla). A veces encontraba un tramo sin postes, pero no paraba para buscar entre la maleza sus restos. Dejaba que la luz, las pautas de sombras y su instinto la guiaran.

Caminó con idéntica resolución durante el resto del día, entre densas arboledas y altos zarzales, sin que sus ojos abandonaran ni un instante el tenue rastro del camino. Anduvo durante siete horas, y cuando pensaba que esa noche iba a dormir acurrucada dentro del capote para protegerse de los insectos, llegó al borde de otro claro. Tres postes, inclinados como borrachos, se internaban hasta su centro. Los restos de una segunda cancela todavía colgaban del último poste, sujetas por la gruesa capa de hierba que rodeaba sus dos travesaños inferiores. Al otro lado, un par de rodadas apenas visibles, cubiertas de hierba y margaritas, se dirigían hacia el sur, y describían una curva hasta internarse en el bosque de nuevo. Era una vieja pista forestal.

Trisha caminó con parsimonia hasta el punto donde la pista parecía empezar (o terminar; supuso que todo dependía de en qué dirección señalara). Permaneció inmóvil un momento, se puso de rodillas y se arrastró sobre una rodada. Empezó a sollozar. Gateó y dejó que la hierba cosquilleara su barbilla, y se desvió hacia la otra rodada. Gateaba como una persona ciega, y gritaba entre lágrimas mientras avanzaba.

—¡Una carretera! ¡Es una carretera! ¡He encontrado una carretera! ¡Gracias, Dios mío! ¡Gracias por esta carretera!

Se detuvo por fin y se tumbó sobre la rodada. La han hecho ruedas, pensó, y rió y lloró al mismo tiempo. Al cabo de un rato, se tendió de espaldas y miró al cielo.

OCTAVA ENTRADA

Trisha se incorporó unos minutos después. Siguió la carretera otra hora, hasta que el ocaso cayó a su alrededor. Hacia el oeste, por primera vez desde el día en que se había perdido, oyó truenos. Aunque quisiera guarecerse bajo alguna arboleda, si llovía mucho se mojaría. Pero, en su estado de ánimo actual, ya no le importaba.

Se detuvo entre las viejas rodadas, y ya estaba empezando a quitarse la mochila cuando vio algo en la oscuridad. Algo perteneciente al mundo de los humanos: una cosa con esquinas. Volvió a ceñirse las correas de la mochila y se arrastró hacia el lado derecho de la pista, mirando como una persona miope. Hacia el oeste, retumbó un trueno más potente.

Era un camión, o mejor dicho, la cabina de un camión, que sobresalía de la maleza. Hacía mucho tiempo que la hiedra había enterrado el capó. Un ala del capó estaba levantada, y Trisha vio que no había motor. En su lugar crecían helechos. La cabina estaba roja a causa de la herrumbre, algo ladeada. El parabrisas había desaparecido, pero aún quedaba un asiento en el interior. La mayor parte del tapizado se había podrido, o había sido devorado por animales.

Más truenos, y esta vez vio rayos entre las nubes, que avanzaban con rapidez y engullían las estrellas a su paso.

Trisha rompió una rama, la introdujo por el hueco del parabrisas y sacudió el asiento. Levantó una asombrosa cantidad de polvo, que escapó por la cavidad del parabrisas y los huecos de la ventana como si fuese niebla. Aún más asombroso fue el torrente de ardillas que saltaron del suelo y salieron disparadas por la ventanilla posterior en forma de rombo.

—¡Abandonen el barco! —gritó Trisha—. ¡Hemos chocado con un iceberg! ¡Las mujeres y las ardillas prim...!

El polvo inundó sus pulmones. El siguiente acceso de tos la sacudió de pies a cabeza, hasta que se sentó con la rama sobre el regazo, casi desmayada y a punto de ahogarse. Decidió que no iba a pasar la noche en la cabina de un camión. No tenía miedo de las ardillas, ni siquiera de las serpientes (si residían serpientes en el camión, supuso que las ardillas se habrían mudado ya), pero no quería pasar ocho horas respirando polvo y tosiendo hasta ponerse amoratada. Sería estupendo dormir bajo un techo de verdad, pero tendría que pagar un precio demasiado elevado.

Se abrió paso entre los arbustos que flanqueaban el camión y se internó un poco en el bosque. Se sentó bajo un abeto de buen tamaño, comió unas nueces y bebió un poco de agua. Sus existencias de comida y bebida se estaban agotando, pero estaba demasiado cansada para preocuparse por ello. Lo importante era que había encontrado una carretera. Era vieja y nadie la utilizaba, pero tenía que llevar a algún sitio. Claro que también podía morir como los arroyos, pero no quiso pensar en eso. De momento se permitió la esperanza de que la carretera la guiaría hasta donde los arroyos no la habían conducido.

La noche era calurosa y sofocante, la avanzadilla húmeda del breve pero en ocasiones tórrido verano de Nueva Inglaterra. Trisha se abanicó su mugrienta cara con el cuello de su mugrienta camisa, adelantó el labio inferior y sopló hacia arriba para apartarse el pelo de la frente. Después se acomodó la gorra y apoyó la espalda contra la mochila. Pensó en sacar el walkman, pero decidió que no era prudente. Si esa noche intentaba escuchar un partido disputado en la costa Oeste, se quedaría dormida y agotaría sus ya exiguas pilas.

Se reclinó más, convirtió la mochila en una almohada y experimentó algo tan olvidado que se le antojó milagroso: simple satisfacción.

—Gracias, Dios —dijo.

Al cabo de tres minutos estaba dormida.

Despertó tres horas más tarde, cuando las primeras gotas gélidas de un chubasco se abrieron paso entre la bóveda del bosque y aterrizaron en su cara. De pronto, un trueno partió el mundo en dos y Trisha se incorporó asustada. Los árboles gruñían y crujían bajo la violencia del viento, y los súbitos rayos los transformaban en fotos en relieve.

Trisha se puso en pie; se apartó el pelo de los ojos y se encogió cuando retumbaron más truenos. Tenía la tormenta casi encima. No tardaría en quedar empapada, pese a la relativa protección de los árboles. Agarró la mochila y regresó hacia la cabina del camión. Se detuvo al cabo de unos metros, respiró hondo y tosió, sin apenas sentir las hojas y ramitas que arañaban su cuello y brazos, agitadas por el viento. Un árbol se derrumbó en el bosque con un chasquido aterrador.

El viento cambió de dirección, abofeteó su cara con rachas de lluvia, y ahora pudo olerlo, un hedor fétido que le recordó las jaulas de un zoológico. Sólo que la cosa no estaba encerrada en una jaula.

Trisha reanudó la marcha hacia el camión, con una mano extendida para protegerse de las ramas y otra sujetando la gorra de los Red Sox. Sintió los rasguños de los espinos en las pantorrillas y los tobillos, y cuando salió del bosque al borde de su carretera (ya la consideraba suya), se quedó empapada al instante.

Cuando llegó a la puerta del conductor, que colgaba de los goznes, un rayo destelló y tiñó el mundo de púrpura. Gracias al resplandor, Trisha vio algo de hombros hundidos al otro lado de la carretera, algo con ojos negros y grandes orejas erguidas, como cuernos. Tal vez eran cuernos. No era humano. Tampoco parecía un animal. Era un dios. Era su dios, el dios-avispa, inmóvil bajo la lluvia.

—¡¡No!! —chilló, al tiempo que se zambullía dentro del camión, indiferente a la nube de polvo que se levantó y el olor a podrido de la tapicería—. ¡No, márchate! ¡¡Márchate y déjame en paz!!

Contestó el trueno. La lluvia también contestó, martilleando sobre el techo oxidado de la cabina. Trisha escondió la cabeza entre los brazos y se tumbó de costado, mientras tosía y se estremecía. Aún esperaba que viniera por ella cuando se quedó dormida.

El sueño fue profundo y, por lo que recordaba, carente de pesadillas. Cuando despertó ya era de día. Un día soleado y caluroso, y los árboles parecían más verdes que el día anterior, la hierba más exuberante, y el trino de los pájaros más feliz. Goteaba agua de las ramas y las hojas. Cuando Trisha levantó la cabeza y miró por el hueco del parabrisas del viejo camión, lo primero que vio fue el destello del sol sobre la superficie de un charco, en una de las rodadas de la pista. El reflejo era tan intenso que alzó una mano para protegerse los ojos. La imagen quedó grabada en sus retinas unos segundos más: el reflejo del cielo, primero azul y después de un verde desvaído.

La cabina había impedido que se mojara, pese a la falta de cristal. Había un charco en el piso, alrededor de los pedales, y se había mojado el brazo izquierdo, pero eso era todo. Le dolía un poco la garganta y los senos nasales, pero todo mejoraría en cuanto huyera del maldito polvo.

«Estuvo aquí anoche. Lo viste.»

¿De veras?

«Vino con la intención de atacarte. Pero tú subiste al camión y él desistió. No sé por qué, pero eso fue lo que pasó.»

Tal vez no. Tal vez todo había sido un sueño, como los que te asaltan durante una duermevela, provocado por despertarse sobresaltada en plena tormenta, con rayos y viento huracanado. En una situación semejante, se puede ver de todo.

Trisha cogió su mochila y bajó del camión. Levantó más polvo, pero procuró contener la respiración. Una vez fuera, se alejó (todavía mojada, la superficie herrumbrosa de la cabina había adquirido un tono más oscuro, como el de las ciruelas) y empezó a colgarse la mochila. Entonces se detuvo. El día era claro y caluroso, la lluvia había cesado, tenía una carretera que seguir... pero de pronto se sintió cansada y acabada. La gente podía imaginar cosas cuando despertaba con brusquedad, sobre todo cuando despertaba en medio de una tormenta. Claro que sí. Pero ella no imaginaba lo que estaba viendo.

Mientras dormía, alguien había cavado un círculo entre las hojas, las agujas y la maleza que rodeaban el camión abandonado. Se veía con absoluta claridad a la luz de la mañana, una línea curva de tierra negra húmeda que surcaba la vegetación. Los arbustos y arbolillos que se habían interpuesto en el camino habían sido arrancados de raíz y arrojados a un lado, despedazados. El dios de los Extraviados había dibujado un círculo a su alrededor, como diciendo: «Manteneos alejados: es mía, me pertenece».

PRINCIPIO DE LA NOVENA

Trisha caminó todo el sábado bajo el cielo bajo y caliginoso. Por la mañana, el bosque mojado rezumaba vapor, pero a primera hora de la tarde estaba seco de nuevo. No se había desviado de la carretera, pero ahora necesitaba sombra. Se sentía febril otra vez, y no sólo cansada, sino agotada por completo. La cosa la estaba vigilando, la seguía por el bosque y la vigilaba. Esta vez la sensación no la abandonó, porque la cosa no dejaba de seguirla. Estaba en el bosque, a su derecha. En un par de ocasiones creyó verla, pero tal vez sólo era el sol que se movía entre las ramas. No quería verla. Ya había visto bastante la noche anterior, a la luz del rayo. El pelaje, las enormes orejas erectas, el tamaño...

Y también los ojos. Aquellos ojos negros, grandes e inhumanos. Vidriosos pero conscientes. Conscientes de ella.

No se marchará hasta asegurarse de que no puedo salir, pensó. *No lo permitirá. No permitirá que salga.*

Poco después de mediodía vio que los charcos de las rodadas se estaban secando, y renovó su provisión de agua. Filtró el agua a través de su gorra, la vertió en la capucha y luego la introdujo en las botellas de plástico. El agua tenía un aspecto turbio y sucio, pero esas cosas ya no la preocupaban. Pensó que, si el agua del bosque iba a matarla, habría muerto cuando enfermó la primera vez. Lo que sí la preocupaba era la falta de comida. Se acabó casi todas las bayas y nueces después de llenar las botellas. Mañana, para desayunar, hurgaría en el fondo de la mochila, como había hurgado en busca de los últimos trocitos de patatas fritas. Quizá encontraría algo durante el trayecto, pero no confiaba demasiado.

La carretera seguía y seguía, a veces se desvanecía un poco, y a veces se definía durante unos cientos de metros. En un tramo vio arbustos que crecían entre las rodadas. Pensó que eran zarzamoras, muy parecidas a las que su madre y ella habían recogido en los bosques de juguete de Sanford, pero era un mes demasiado temprano para las zarzamoras. También vio setas, pero desconfió de ellas. No estaban incluidas en el campo de conocimientos de su madre, ni tampoco las habían estudiado en el colegio. En el colegio les habían enseñado a reconocer las nueces y a no dejarse acompañar por desconocidos (porque algunos desconocidos estaban como una regadera), pero nada acerca de setas. Lo único que sabía con seguridad era que morías de una manera horrible si comías la que no debías. Al fin y al cabo, pasar de ellas no significaba un gran sacrificio. Tenía poco apetito y le dolía la garganta.

Alrededor de las cuatro de la tarde tropezó con un tronco, cayó de costado e intentó levantarse. Pero descubrió que no podía. Las piernas le temblaban, las sentía débiles como agua. Se quitó la mochila, trabajosa y lentamente. Comió casi todos los hayucos, y casi se atragantó con el último. Los hizo bajar con un trago de agua tibia y turbia.

—La hora de los Red Sox —murmuró.

Sacó el walkman. Dudaba de poder sintonizarlos, pero probar no costaba nada. Sería la una de la tarde en la costa Oeste, un día en que seguro jugaban, y el partido acabaría de empezar.

No localizó nada en la banda de FM, ni siquiera un débil susurro de música. En la AM encontró a un hombre que parloteaba en francés (intercalaba risitas, lo cual era inquietante), y después, cerca del 1600, al final del dial, un milagro: débil pero audible, la voz de Joe Castiglione.

«Bien, Valentin se separa de la segunda —dijo—. El lanzamiento con tres y uno... ¡y Garciaparra lanza largo y alto hacia el fondo del jardín central! Se va... ¡Se ha ido! ¡Ganan los Red Sox por dos a cero!»

—Qué grande eres, Nomar —dijo Trisha, con una voz ronca que no reconoció como suya, y agitó un puño al cielo.

O'Leary fue eliminado, y la entrada terminó. «¿A quién llamas cuando se te rompe el parabrisas?», cantaron voces de un mundo muy lejano, un mundo donde había caminos por todas partes y todos los dioses actuaban entre bastidores.

—1-800... —empezó Trisha—. 54...

Enmudeció antes de terminar. A medida que el sueño se iba apoderando de ella, había resbalado más y más hacia la derecha, mientras tosía de vez en cuando. La tos tenía un sonido cavernoso, abundante en flemas. Durante la quinta entrada, algo se acercó a la linde del bosque y la miró. Moscas y mosquitos habían formado una nube alrededor de su cabeza. En el brillo engañoso de sus ojos residía una completa historia de nada. Permaneció inmóvil durante mucho tiempo. Por fin, la señaló con una mano erizada de garras *(es mía, me pertenece)* y volvió al bosque.

FINAL DE LA NOVENA

Trisha pensó que había despertado en algún momento posterior del partido. Jerry Trupiano estaba hablando, al menos parecía Troop, pero no obstante decía que los Seattle Monsters tenían las bases cargadas y que Gordon estaba intentando cerrar el partido.

«Eso que hay en la base del bateador es un asesino —dijo Troop—, y Gordon parece asustado por primera vez este año. ¿Dónde está Dios cuando le necesitas, Joe?»

«Danvizz —dijo entonces Joe Castiglione—. Llora lágrimazz de verdad.»

Tenía que ser un sueño, tal vez mezclado con alguna partícula de realidad. Lo único que Trisha sabía con seguridad era que, cuando despertó por completo, el sol casi se había puesto y ella se sentía febril, le dolía la garganta cada vez que tragaba y su radio guardaba un silencio ominoso.

—Te has quedado dormida con la radio encendida, estúpida —dijo, con su nueva voz ronca—. Gilipollas.

Contempló el aparato, con la esperanza de ver la lucecilla roja, con la esperanza de haberlo desintonizado por accidente cuando empezó a resbalar de costado (había despertado con la cabeza apoyada en un hombro, y el cuello le dolía mucho), pero sabía la verdad. La lucecilla estaba apagada, por supuesto.

Intentó decirse que las pilas no habrían durado mucho más, pero no sirvió de nada y siguió llorando. Saber que la radio no funcionaba la entristeció mucho. Era como perder a tu último amigo. Devolvió la radio a la mochila con movimientos lentos y vacilantes, ciñó las hebillas y se la colgó. Casi estaba vacía, pero daba la impresión de pesar una tonelada. ¿Cómo era posible?

Al menos, estoy en una carretera, se recordó. Estoy en una carretera. Pero ahora, cuando la luz del día se iba borrando del cielo, ni siquiera eso le sirvió de ayuda. Parecía que la realidad de la situación se burlaba de ella. Tal vez había desperdiciado su última oportunidad, como cuando un equipo reduce las distancias con el contrario a uno o dos puntos y luego todo se derrumba. La estúpida carretera podía continuar atravesando el bosque durante otros doscientos kilómetros y al final no haber nada. Más matorrales y otro pantano asqueroso.

Sin embargo, echó a caminar otra vez, con paso lento y cansado, la cabeza gacha y los hombros tan hundidos que las correas de la mochila resbalaban sobre sus hombros.

Media hora antes de que oscureciera por completo, una de las correas resbaló del todo y la mochila se torció. Trisha pensó en abandonar el maldito trasto y seguir sin él. Lo habría hecho si sólo hubiera contenido el último puñado de gaulterias. Pero también había agua, y por turbia que fuese calmaba su garganta. Decidió parar para pasar la noche.

Se arrodilló en la carretera, se liberó de la mochila con un suspiro de alivio y apoyó la cabeza sobre ella. Miró la masa oscura de bosque que se extendía a su derecha.

—No te acerques —dijo—. No te acerques o marcaré el 1-800 y llamaré al gigante. ¿Me has entendido?

Algo la oyó. Tanto si la entendió como si no, no contestó, pero allí estaba. Trisha lo presentía. ¿La estaba dejando madurar? ¿Se alimentaba de su miedo antes de alimentarse de ella? En ese caso, el juego casi había terminado. Se había quedado casi sin miedo. Pensó en llamar a la cosa de nuevo, en decirle que no había hablado en serio, que estaba cansada y podía venir por ella si quería. Pero no lo hizo. Tenía miedo de que la cosa tomara sus palabras al pie de la letra.

Bebió un poco de agua y miró al cielo. Pensó en Bork el Dork, cuando decía que el dios de Tom Gordon no podía perder el tiempo con ella, que tenía otros asuntos más importantes entre manos. Trisha dudaba de ello... pero no estaba aquí, eso parecía cierto. Tal vez no se trataba de una cuestión de poder, sino de querer. Bork el Dork también había dicho: «Debo admitir que es un fanático de los deportes..., pero no necesariamente de los Red Sox».

Trisha se quitó la gorra, rota, manchada de sudor y con briznas de hierba adheridas, y acarició la visera con un dedo. Su más preciada posesión. Su padre había conseguido que Tom Gordon se la firmara, la había enviado a Fenway Park con una carta en la que decía a Tom que era el jugador favorito de su hija, y Tom (o su representante) se la había devuelto autografiada en la visera. Supuso que aún era su mejor posesión. Aparte de un poco de agua turbia, un puñado de bayas insípidas y secas y sus ropas sucias, era su única posesión. Y ahora la firma se había desdibujado, la lluvia y sus manos sudadas la habían convertido en una sombra negra. Pero había estado allí, y aún lo estaba, de momento, al menos.

—Dios, si no puedes ser forofo de los Red Sox, al menos podrías serlo de Tom Gordon —dijo—. ¿Es mucho pedirte?

Perdió y recobró la conciencia alternativamente durante toda la noche. Temblorosa, se dormía y despertaba sobresaltada, segura de que eso estaba con ella. Eso, que al fin había salido del bosque para atraparla. Tom Gordon le habló. Su padre también le habló una vez. Estaba de pie detrás de ella y le preguntó si le apetecían macarrones, pero cuando Trisha se volvió no vio a nadie. Más meteoritos cruzaron el cielo, pero no supo si los había soñado. En una ocasión sacó la radio, con la esperanza de que las pilas se hubieran recargado un poco (a veces lo hacían, si las dejabas descansar un rato), pero la dejó caer en la hierba antes de poder comprobarlo y ya no pudo encontrarla, por más que buscó en el suelo. Por fin, sus manos regresaron a la mochila y tantearon las correas pasadas por las hebillas. Trisha decidió que no había sacado la radio, porque no habría podido ceñir tan bien las correas en la oscuridad. Sufrió una docena de accesos de tos, y ahora le dolía el pecho. En cierto momento, se alzó lo suficiente para orinar, y lo que salió estaba tan caliente que quemaba, y tuvo que morderse los labios.

La noche transcurrió como todas las noches de enfermedad: el tiempo se apelmaza y dilata. Cuando los pájaros empezaron a cantar por fin y vio una lucecita entre los árboles, Trisha apenas dio crédito a sus ojos. Levantó las manos y miró sus dedos sucios. Apenas podía creer que seguía viva, pero por lo visto era así.

Permaneció tumbada hasta que la luz le permitió ver la omnipresente nube de insectos alrededor de su cabeza. Se levantó poco a poco y esperó a ver si sus piernas la sostenían. Si me fallan, me arrastraré, pensó, pero aún no tuvo necesidad de arrastrarse: la sostuvieron. Se agachó y cogió la mochila. Cuando se incorporó, sintió un mareo y un escuadrón de aquellas mariposas de alas negras nubló su vista. Al final se desvanecieron y consiguió colgarse la mochila.

Entonces, se planteó otro problema: ¿qué camino debía seguir? Ya no estaba segura, y la carretera parecía igual en ambas direcciones. Miró de un lado al otro, insegura. Su pie pisó algo. Era el walkman, enredado en el cable de los auriculares y mojado de rocío. Por lo visto, lo había sacado. Lo recogió y lo miró, atontada. ¿Iba a quitarse la mochila otra vez, abrirla y guardar el walkman? Se le antojaba muy difícil, tanto como mover una montaña. Por otra parte, tirarlo no le parecía bien. Era como admitir la rendición.

Trisha permaneció inmóvil durante tres minutos más, con

sus ojos febriles clavados en el aparato. ¿Tirarlo o guardarlo? ¿Tirarlo o guardarlo? ¿Cuál es tu decisión, Patricia, te quedas con la vajilla o prefieres ir a por el coche, el abrigo de armiño y el viaje a Río? Se le ocurrió que, si fuera el Mac PowerBook de su hermano Pete, estaría lanzando avisos de error y pequeños iconos-bomba. Aquello la hizo reír.

La risa se transformó casi de inmediato en tos. El peor acceso hasta el momento. Al cabo de un momento estaba ladrando como un perro, con las manos apoyadas en las rodillas y el pelo oscilando de un lado a otro de su cara, como una cortina sucia. Mantuvo el equilibrio y cuando la tos se calmó, comprendió que debía sujetar el walkman a la cintura de los tejanos. Para eso servía la pinza de la parte posterior del aparato, ¿no? Claro. Qué idiota eres.

Abrió la boca para decir: «Elemental, querido Watson», como Pepsi y ella se decían a veces, pero cuando lo hizo algo húmedo y caliente resbaló sobre su labio inferior. Se pasó la palma de la mano y la vio manchada de sangre.

Me habré mordido el labio cuando tosía, pensó, pero adivinó la verdad al instante. Era algo interno. La idea la asustó, y el miedo devolvió la lucidez a su mente. Pudo pensar de nuevo. Carraspeó (con suavidad; le dolía demasiado para hacerlo con fuerza), y escupió. Rojo brillante. La cagaste, Burt Lancaster, pero no podía hacer nada al respecto, y al menos había recuperado cierta serenidad como para deducir qué camino seguir. El sol se había puesto por su derecha. Se volvió, hasta que el sol naciente se filtró entre los árboles de su izquierda, y enseguida cayó en la cuenta de que se había orientado bien. Ni siquiera entendió su confusión anterior.

Poco a poco, con cautela, como alguien que camina sobre un suelo de losas recién fregadas, Trisha se puso en marcha de nuevo. Esto está a punto de acabar, pensó. Hoy es mi última oportunidad, y tal vez no pueda pasar de esta mañana. Quizá por la tarde me sienta demasiado débil y enferma para andar, y si soy capaz de ponerme en pie después de otra noche aquí, será un milagro de ojos azules.

Un milagro de ojos azules. ¿Era de su madre o de su padre?

—¿A quién le importa una mierda? —graznó—. Si salgo de ésta inventaré mis propios dichos.

Unos quince o veinte metros al norte del lugar donde había pasado aquel domingo por la noche y lunes por la mañana interminables, Trisha se dio cuenta de que aún llevaba el walkman en la mano derecha. Paró y se concentró en la laboriosa tarea de sujetarlo a la cintura de los tejanos. Ahora, los pantalones flotaban sobre sus caderas, cuyos marcados huesos podía distinguir con claridad. Si pierdo unos kilos más podré desfilar por todas las pasarelas de París, pensó. Se estaba preguntando qué iba a hacer con los auriculares, cuando unas lejanas explosiones hendieron el aire inmóvil de la mañana. Sonaron como si alguien estuviera sorbiendo un lago de gaseosa mediante una paja gigantesca.

Trisha lanzó un grito, pero no fue la única en sobresaltarse. Varios cuervos graznaron y un faisán correteó entre la maleza lanzando chillidos.

Trisha se quedó boquiabierta, con los auriculares oscilando junto a su tobillo izquierdo. Conocía aquel sonido. Era el petardeo de un viejo tubo de escape. Un camión, tal vez. Había otra carretera por allí cerca. Y era una carretera de verdad.

Sintió el impulso de correr, pero sabía que no debía hacerlo. Agotaría todas sus energías en un instante. Desmayarse y quizá morir expuesta a la intemperie cuando estaba oyendo el sonido de tráfico, sería como fallar el tanto decisivo cuando el equipo contrario está a tu merced. Tales abominaciones sucedían, pero Trisha no permitiría que le ocurriera a ella.

Echó a caminar con paso lento y decidido, mientras aguzaba el oído para escuchar más petardeos, de un motor lejano o de un claxon. No oyó nada, nada de nada, y al cabo de una hora de caminar pensó que lo había imaginado todo, que había sufrido alucinaciones. No se lo había parecido, pero...

Llegó a la cumbre de una loma y miró hacia abajo. Tosió de nuevo y escupió más sangre, ni siquiera se tapó la boca con la mano. Vio que la pista desembocaba en un camino de tierra.

Descendió la loma con parsimonia. No vio huellas de neumáticos en el camino, pero sí rodadas, y no crecía hierba en el centro. El camino discurría en ángulo recto con respecto al suyo, dirección este-oeste. Y allí, por fin, Trisha tomó la decisión correcta. El único motivo de que eligiera el oeste fue porque la cabeza había empezado a dolerle de nuevo y no quería caminar en dirección al sol. A seis kilómetros de donde se encontraba, la carretera 96 de New Hampshire serpenteaba entre el bosque. Pocos coches y numerosos camiones la utilizaban, pero lo que Trisha había oído era el tubo de escape de un camión cuando bajaba desde Kemongus Hill. El sonido se había propagado hasta quince kilómetros de distancia en el aire calmo de la mañana.

Trisha avanzó con renovadas energías. Unos tres cuartos de hora después oyó algo, lejano pero inconfundible.

No seas estúpida, se dijo, has llegado a un sitio donde todo puede confundirse.

Tal vez, pero aun así...

Ladeó la cabeza como el perro de los viejos discos de la RCA Victor, los que la abuela McFarland guardaba en el desván. Contuvo el aliento. Oyó el latido de la sangre en sus sienes, el silbido de su aliento en la garganta infectada, el canto de las aves, el susurro de la brisa. Oyó el zumbido de los mosquitos alrededor de sus oídos... y otro zumbido: el de neumáticos sobre pavimento. Muy lejano, pero real.

Trisha rompió a llorar.

—No dejes que me lo invente, por favor —dijo con voz ronca,

apenas más que un susurro—. Por favor, Dios, no dejes que me lo inv...

Oyó un crujido a su espalda. Y esta vez no era la brisa. Aunque hubiera logrado convencerse de lo contrario por unos segundos, el ruido de las ramas al quebrarse era inconfundible. Y después el chasquido de algo al caer, tal vez un arbolillo que se había interpuesto en su camino. Aquella cosa había permitido que Trisha llegara a las puertas de su salvación, que lograra oír los ruidos de la carretera. Había sido testigo de sus penosos avances, tal vez divertida, tal vez con una especie de compasión divina, demasiado terrible incluso para imaginarla. Pero se había cansado de esperar y observar.

Poco a poco, transida de terror e invadida por una especie de calma resignada, Trisha se volvió hacia el dios de los Extraviados.

FINAL DE LA NOVENA: SITUACIÓN DE SALVADA

Salió del bosque por el lado izquierdo de la carretera, y el primer pensamiento de Trisha fue: ¿Esto es todo? ¿Esto ha sido todo? Los adultos habrían huido a toda prisa del *Ursus americanus* que surgía de la última línea de arbustos: un oso negro de unos doscientos kilos. Sin embargo, Trisha esperaba algún horror innominable surgido de las profundidades de la noche.

Hojas y bardanas se habían pegado a su pelaje brillante, y sostenía en una mano (sí, tenía manos, al menos manos rudimentarias en forma de garras) una rama. La sostenía como un cetro. Salió al centro de la carretera, balanceándose pesadamente. Por un momento continuó a cuatro patas, y después, con un leve gruñido, se alzó sobre las patas traseras. En ese momento Trisha se dio cuenta de que no era un oso negro. Había acertado desde el primer momento: se parecía a un oso, pero en realidad era el dios de los Extraviados, y había venido a por ella.

La miró con unos ojos negros que no eran ojos, sólo cuencas vacías. Su hocico olfateó el aire y después acercó la rama al hocico, dejando al descubierto una doble hilera de enormes dientes amarillentos. Chupó el extremo de la rama, recordándole a Trisha un niño con una piruleta. Después, sus fauces la partieron en dos. Se hizo el silencio en el bosque, y Trisha oyó el ruido de la dentellada con claridad, un sonido similar al de huesos al partirse. Era el sonido que haría su brazo si aquella cosa la mordía. Cuando la mordiera.

La cosa estiró el cuello y agitó las orejas. Trisha observó que a su alrededor pululaba una oscura miríada de insectos. Su sombra, que la luz de la mañana alargaba, se extendía casi hasta las zapatillas de Trisha. Apenas les separaba una distancia de veinte metros.

Había venido por ella.

«Corre —gritó el dios de los Extraviados—. Huye de mí, huye hacia la carretera. Este cuerpo de oso es lento, aún no está saciado del forraje del verano. No ha cazado gran cosa. Corre. Tal vez te dejaré vivir.»

¡Sí, corre!, pensó Trisha, y al instante oyó la voz de la niña impertinente: «No puedes correr. Apenas puedes tenerte en pie, corazón».

La cosa que no era un oso la estaba mirando, y agitaba las orejas para ahuyentar a los insectos que rodeaban su enorme cabeza triangular cuyo pelaje refulgía. Sujetaba la rama en una garra. Sus mandíbulas se movían con lentitud y pequeñas astillas se escurrían entre sus dientes. Algunas cayeron, otras se pegotearon a su hocico. Sus ojos eran cuencas abarrotadas de minúscula vida insectívora, una sopa viviente que hizo pensar a Trisha en el pantano que había vadeado.

«Yo maté al ciervo. Te vigilé, y dibujé mi círculo a tu alrededor. Huye de mí. Adórame con tus pies, y tal vez te dejaré vivir.»

El silencio se había adueñado del bosque, que emitía su acre perfume verde. Trisha respiraba con la boca abierta. La cosa que parecía un oso la observaba desde sus dos metros y medio de estatura. Su cabeza llegaba al cielo y sus garras acariciaban la tierra. Trisha lo miró de arriba abajo y supo lo que debía hacer.

Debía cerrar.

«Es propio de la naturaleza de Dios intervenir al final de la novena», le había dicho Tom. ¿Y cuál era el secreto de cerrar? Dejar bien claro quién era el mejor. Podías ser vencido, pero no debías vencerte a ti mismo.

Primero era necesario crear aquella inmovilidad. La que se desprendía de los hombros y giraba alrededor del cuerpo hasta convertirse en un capullo de certidumbre. Podías ser vencido, pero no debías vencerte a ti mismo. No podías fallar el lanzamiento y no podías correr.

—Sangre fría —dijo, y la cosa que se erguía en el centro de la carretera ladeó la cabeza, de modo que pareció un enorme perro en guardia.

Trisha se encasquetó la gorra con la visera hacia adelante. Como Tom Gordon. Después giró el cuerpo hacia el lado derecho de la carretera y dio un paso adelante, con las piernas separadas, la izquierda apuntada hacia la cosa-oso. Su cabeza también estaba vuelta hacia ella. Clavó la vista en las cuencas, a través de la nube de insectos. «Todo depende de esto —dijo Joe Castiglione—. Abróchense los cinturones.»

—¡Ven de una vez! —gritó Trisha. Se desenganchó el walkman de los tejanos, liberó el cable y tiró los auriculares a sus pies. Empezó a dar vueltas al walkman, con la mano que ocultaba a la espalda, buscando la forma de aferrarlo mejor—. Tengo sangre fría en las venas y espero que te congeles al primer bocado. ¡Ven, inútil! ¡Bateador de tres al cuarto!

La cosa-oso soltó su rama y se aposentó a cuatro patas. Arañó el camino como un toro inquieto, levantó una nube de tierra con las garras, y después avanzó hacia ella, con una celeridad sorprendente y engañosa. Mientras se acercaba, aplastó las orejas contra el cráneo. De sus fauces surgió un zumbido que Trisha reconoció al instante: no eran abejas sino avispas. Había adoptado la forma exterior de un oso, pero por dentro estaba lleno de avispas. Pues claro que sí. ¿Acaso no había sido su profeta la figura ataviada con el hábito negro que se había materializado junto al arroyo?

«Huye», dijo mientras se acercaba a ella balanceando sus grandes cuartos traseros de un lado a otro. Poseía una gracia sobrenatural, y dejó huellas de garras y una hilera de deyecciones sobre la superficie de tierra. «Huye, es tu última oportunidad.»

Pero su última oportunidad era la inmovilidad.

La inmovilidad y quizá un buen lanzamiento con efecto.

Trisha juntó las manos. El tacto del walkman ya no era el de un walkman sino el de una pelota de béisbol. No contaba con los Fieles de Fenway, que se ponían de pie en la Catedral del Béisbol de Boston. No contaba con palmadas rítmicas. No contaba con árbitros ni con bateador. Sólo contaba con sus propias fuerzas, la verde inmovilidad, el ardiente sol de la mañana y una cosa que parecía un oso por fuera y estaba llena de avispas por dentro. Sólo la inmovilidad, y entonces comprendió cómo se debía sentir Tom Gordon en el silencio del ojo del huracán, cuando toda presión desciende a cero, todos los sonidos enmudecen y todo depende de esto: abróchense los cinturones.

Dejó que la inmovilidad girara a su alrededor. Sí, se desprendía de los hombros. Que la devorara. Que la derrotara. Podía hacer ambas cosas. Pero ella no se derrotaría a sí misma.

Y no huiré, pensó.

La bestia se detuvo ante ella y estiró el cuello hacia su cara como para besarla. No había ojos, sólo dos círculos remolineantes, abismos llenos de insectos. Zumbaban y porfiaban por hacerse un hueco en los túneles que conducían hasta el cerebro inimaginable del dios. Sus fauces se abrieron, y Trisha vio que tenía la garganta tapizada de avispas, fábricas de veneno regordetas y desmañadas que se arrastraban sobre los restos de una rama masticada y el grumo rosáceo de intestinos de ciervo que hacía las veces de lengua. Su aliento era como el hedor fangoso del pantano.

Trisha vio estas cosas y apartó la mirada. Veritek le hizo la señal. No tardaría en lanzar, pero continuó inmóvil. Continuó inmóvil. Deja que el bateador espere, anticipe, pierda el ritmo. Deja que empiece a interrogarse, a pensar que su intuición le ha engañado sobre la parábola del lanzamiento.

La cosa-oso olfateó su cara. Entraban y salían insectos por sus fosas nasales. Aleteaban mosquitos entre las dos caras, una peluda y otra imberbe. La cara de la cosa no paraba de cambiar de forma: era la cara de amigos y profesores, la cara de padres y hermanos, la del hombre que se ofrecía a acompañarte a casa cuando salías de la escuela. Desconocido igual a peligro, les habían enseñado en primer grado: desconocido igual a peligro. Hedía a muerte, enfermedad y todo cuanto es azaroso. El zumbido de sus acciones malvadas era el auténtico Subaudible, pensó Trisha.

El monstruo se alzó de nuevo sobre sus patas traseras, se balanceó un poco, como al ritmo de una música bestial que sólo él pudiera oír, y después le lanzó una bofetada juguetona, que no dio en el blanco por escasos centímetros. La corriente que levantaron sus garras le apartó el pelo de la frente, pero Trisha no se movió. Continuó inmóvil, mirando el bajo vientre del oso, donde había una mancha de pelaje blancoazulado.

«Mírame.»

No.

«¡Mírame!»

Era como si unas manos invisibles la hubieran agarrado por debajo de la mandíbula. Poco a poco, incapaz de resistirse, Trisha levantó la cabeza. Miró a los ojos vacíos de la cosa-oso y comprendió que su intención era matarla. El valor no bastaba. Entonces ¿qué? Si tan sólo contabas con un poco de valor, ¿qué? Había llegado el momento de cerrar.

Trisha apoyó el pie izquierdo contra el derecho e inició su movimiento, no el que papá le había enseñado en el patio trasero, sino el que había aprendido en la tele, viendo a Gordon. Cuando alzó la mano derecha hacia la oreja derecha, y luego un poco más arriba, porque este lanzamiento iba muy en serio, era decisivo, la cosa-oso dio un torpe paso hacia atrás. ¿Acaso las cosas remolineantes que le prestaban su escasa visión habían registrado como un arma la pelota de béisbol que sujetaba en la mano? ¿O tal vez su sobresalto era debido al movimiento amenazador y agresivo, la mano alzada, el paso adelante, cuando tendría que haber huido? Daba igual. La cosa gruñó, tal vez de perplejidad. Una nubecilla de avispas surgió de su boca como vapor viviente. Agitó una peluda mano en un esfuerzo por conservar el equilibrio, y en ese momento sonó un disparo.

El hombre que se encontraba en el bosque, el primer ser humano que veía a Trisha McFarland desde hacía nueve días, estaba demasiado conmocionado para mentir a la policía sobre los motivos de su presencia en el bosque con un fusil semiautomático de alta potencia. Quería cazar un ciervo fuera de temporada. Se llamaba Travis Herrick y no quería gastar dinero en comida como no se viera obligado. Había demasiadas cosas importantes en que gastar dinero: billetes de lotería y cerveza, por ejemplo. En cualquier caso, no fue juzgado, ni siquiera multado, y tampoco mató al ser que vio erguido ante aquella niña que le hacía frente con tanta valentía.

—Si se hubiera movido cuando llegó a su lado, la hubiera destrozado —dijo Herrick—. En cualquier caso, es un milagro que no la descuartizara. Ella lo estaba mirando, como Tarzán en las películas antiguas. Llego a lo alto de la colina y veo a los dos, debí de mirarlos durante medio minuto, como mínimo. Igual fue un minuto, en situaciones como ésa pierdes el sentido del tiempo, pero no podía disparar. Estaban demasiado juntos. Tenía miedo de darle a la niña. Entonces ella se movió. Tenía algo en la mano y se lo iba a arrojar, como si fuera a lanzar una pelota de béisbol. Su movimiento sobresaltó al animal. Retrocedió y estuvo a punto de perder el equilibrio. Entonces supe que era mi oportunidad de salvar a la niña, así que disparé.

Ni juicio ni multa. Lo que consiguió Travis Herrick fue su propia carroza en el desfile del Cuatro de Julio de 1998 de Grafton Notch. Sí.

Trisha oyó el disparo, supo al instante lo que era y vio que una de las orejas erguidas de la cosa salía volando por los aires, como un trozo de papel desmenuzado. Vio una lluvia de gotas rojas, no mayores que gaulterias, describir un arco en el aire. Al mismo tiempo, vio que el oso volvía a ser un oso, de ojos grandes, vidriosos, con una expresión de sorpresa casi cómica. Tal vez había sido un oso desde el primer momento.

Pero ella sabía la verdad.

Continuó con su movimiento y lanzó la pelota. Alcanzó al oso entre los ojos y (vaya, hablando de alucinaciones) vio un par de pilas Energizer caer sobre la carretera.

—¡Strike tres cantado! —gritó, y al oír el sonido de su voz, ronca, triunfal y quebradiza, el oso herido huyó a cuatro patas, sangrando por la oreja destrozada. Se oyó otra detonación, y el aire se agitó cuando el proyectil pasó a menos de treinta centímetros de Trisha. Levantó una nube de polvo en el camino, lejos del oso, que se desvió a la izquierda y desapareció en la espesura del bosque. Por un momento Trisha vio el resplandor de su brillante pelaje negro, y a continuación unos arbolillos se estremecieron, como si una parodia de miedo hubiera pasado entre ellos.

Se volvió, tambaleante, y vio correr hacia ella a un hombrecillo con pantalones verdes remendados, botas de goma verde y una vieja camiseta. Su cabeza era calva, pero de los costados le caían largas guedejas que colgaban sobre sus hombros. Unas gafas pequeñas sin montura destellaron al sol. Sujetaba un rifle sobre su cabeza, como los indios de las películas antiguas. No la sorprendió ver que la camiseta llevaba grabado el emblema de los Red Sox. Por lo visto, todos los hombres de Nueva Inglaterra tenían una camiseta de los Red Sox.

—¡Eh, niña! —chilló—. Por Dios, niña, ¿te encuentras bien? Maldita sea, eso era un jodido oso. ¿Te encuentras bien?

Trisha se tambaleó hacia él.

—Strike tres cantado —dijo, pero las palabras apenas salieron de su boca. Había agotado sus energías con su último grito. Sólo conservaba una especie de susurro lastimero—. Strike tres cantado... Lancé la bola y lo dejé clavado en el sitio...

—¿Qué? —El hombre se detuvo ante ella—. No te entiendo, repítelo.

—¿Lo has visto? —repuso Trisha, refiriéndose a su lanzamiento, aquella parábola increíble que no se había desviado ni un sólo milímetro—. ¿Lo has visto?

—Yo... sí, lo he visto.

Claro que, en realidad, no sabía lo que había visto. Durante unos segundos suspendidos en el tiempo, cuando la niña y el oso se estaban mirando, no se había sentido muy seguro de que fuera un oso, pero no lo mencionó a nadie. La gente sabía que bebía. Pensarían que estaba loco. Y lo único que veía ahora era a una niña delirante, que parecía un esqueleto sostenido por ropas sucias y raídas. No recordaba su nombre, pero sabía quién era. Lo habían dicho por la radio y la tele. No tenía ni idea de cómo había conseguido llegar tan al noroeste, pero sabía muy bien quién era.

Trisha tropezó con sus propios pies, y habría caído si Herrick no la hubiera sostenido. En ese mismo momento su rifle, un Krag 350 que era el orgullo de su vida, se disparó de nuevo, cerca del oído de Trisha, y la ensordeció. Ella apenas se dio cuenta. Ya todo le parecía normal.

—¿Lo has visto? —preguntó de nuevo, incapaz de oír su propia voz, y muy poco segura de estar hablando. El hombrecillo parecía perplejo, asustado y no muy listo, pero también parecía bondadoso—. Le dejé clavado en el sitio con el lanzamiento curvo, ¿lo viste?

Los labios del hombre se movieron, pero Trisha no oyó nada. Herrick dejó el arma en el suelo, la alzó en volandas y dio la vuelta con tal celeridad que ella se sintió mareada. Si hubiera quedado algo en su estómago, quizá habría vomitado. Empezó a toser. Tampoco lo oyó, debido a aquel monstruoso silbido que taladraba sus oídos, pero lo sintió en el pecho.

Tuvo ganas de decirle lo contenta que estaba de que la llevara en brazos, de que la hubiera rescatado, pero también que la cosa-oso ya se batía en retirada antes de que él disparara. Había visto perplejidad en su cara, había visto que su movimiento la asustaba. Quiso decir a aquel hombre algo muy importante, pero las prisas del hombre la estaban sacudiendo, ella tosía, su cabeza martilleaba, y no supo si lo estaba diciendo o no.

Trisha aún intentaba decir: «Lo conseguí, conseguí el tanto decisivo», cuando perdió el conocimiento.

DESPUÉS DEL PARTIDO

Estaba en el bosque otra vez y llegaba a un claro que conocía. De pie en el centro, junto al tocón que no era un tocón, sino el poste de una cancela con un aro de perno oxidado clavado en la parte superior, estaba Tom Gordon. Movía el aro de un lado a otro.

Ya he tenido este sueño, pensó, pero cuando se acercó a él observó un cambio sintomático: en lugar del uniforme gris, Tom llevaba su uniforme blanco oficial, con el número 36 en la espalda bordado en seda roja. Por lo tanto, el viaje había concluido. Los Sox estaban en Fenway, de vuelta en casa, excepto que Tom y ella estaban aquí, de vuelta en el claro.

—¿Tom? —dijo.

El hombre la miró con las cejas enarcadas. El aro iba de un lado a otro entre sus dedos bendecidos por el talento. De un lado a otro.

—He cerrado.

—Lo sé, cariño. Has hecho un buen trabajo.

De un lado a otro, de un lado a otro. ¿A quién llamas cuando se te rompe el aro de perno?

—¿Qué parte ha sido real?

—Todo —dijo Tom, como si en realidad no importara—. Has hecho un buen trabajo —repitió.

—Fui una estúpida por alejarme del camino, ¿verdad?

El hombre la miró con cierta sorpresa, y después se echó hacia atrás la gorra. Sonrió, y al hacerlo pareció joven.

—¿Qué camino? —preguntó.

—¿Trisha?

Era una voz de mujer, detrás de ella. Parecía la de su madre, pero ¿qué hacía mamá en el bosque?

—Lo más probable es que no la oiga —dijo otra mujer.

Trisha se volvió. La oscuridad estaba cayendo sobre el bosque, las formas de los árboles se borroneaban, adquirían una presencia irreal, como un decorado. Se movían formas, y experimentó una punzada de miedo. El sacerdote-avispa, pensó. Es el sacerdote-avispa, ¡ha vuelto!

Entonces cayó en la cuenta de que estaba soñando, y el miedo se desvaneció. Se volvió hacia Tom, pero ya no estaba, sólo permanecía el poste astillado con el aro de perno encima... y la chaqueta de calentamiento tirada sobre la hierba. En la espalda se leía GORDON.

Le divisó al otro lado del claro, una forma blanca, como un fantasma.

—Trisha, ¿cuál es la naturaleza de Dios? —gritó el hombre.

«Manifestarse al final de la novena», quiso decir ella, pero ningún sonido surgió de su boca.

—Mira —dijo su madre—. ¡Sus labios se mueven!

—¿Trish? —Era Pete, con tono angustiado y esperanzado—. Trish, ¿estás despierta?

Abrió los ojos y los bosques se disolvieron en una oscuridad que ya nunca la abandonaría por completo. Estaba en una habitación de hospital. Había una cosa metida en su nariz, y una jeringuilla hincada en su muñeca. Sentía el pecho pesado. De pie junto a la cama estaban su padre, su madre y su hermano. Detrás de ellos, voluminosa y blanca, estaba la enfermera que había dicho «Lo más probable es que no la oiga».

—Trisha —dijo su madre entre sollozos. Trisha vio que Pete también lloraba—. Trisha, cariño. ¡Oh, cariño!

Cogió la mano de su hija.

Trisha intentó sonreír, pero sentía la boca demasiado pesada para moverla. Movió los ojos y vio su gorra de los Red Sox sobre el asiento de la silla que había junto a su cama. Vio una sombra gris oscuro sobre la visera. Había sido la firma de Tom Gordon.

«Papá», intentó decir. De su boca sólo brotó una tosecilla, pero la hizo encogerse de dolor.

—No intentes hablar, Patricia —dijo la enfermera, y Trisha comprendió, a juzgar por el tono y la postura de la enfermera, que quería sacar a su familia de la habitación. Dentro de un momento, los echaría—. Estás enferma. Has contraído una neumonía doble.

Dio la impresión de que su madre no la escuchaba. Estaba sentada en la cama, a su lado, y acariciaba el brazo enclenque de Trisha. No sollozaba, pero gruesas lágrimas surgían de sus ojos. Pete estaba de pie a su lado, y lloraba de la misma manera silenciosa. Sus lágrimas conmovieron a Trisha de una forma distinta a las de su madre, pero de todos modos pensó que Pete parecía tonto de remate. A su lado, junto a la silla, se erguía papá.

Esta vez, Trisha no intentó hablar, sólo clavó los ojos en su padre y formó con la boca la palabra «papá».

Él lo vio y se inclinó.

—¿Qué dices, cariño? ¿Qué quieres decirme?

—Creo que ya está bien por hoy —dijo la enfermera—. Los análisis dan valores muy altos, y eso no es bueno. Ya ha pasado por bastantes emociones. Si quieren colaborar y que se recupere...

Mamá se puso en pie.

—Te queremos, Trish. Gracias a Dios estás bien. Seguiremos aquí, pero ahora necesitas dormir. Larry, vamos...

No hizo caso a Quilla. Siguió inclinado sobre Trisha, con los dedos apoyados en la sábana.

—¿Qué quieres, Trisha? ¿Qué quieres decirme?

Trisha movió los ojos hacia la silla, hacia su cara, de nuevo hacia la silla. Su padre parecía confuso (estaba segura de que no iba a captarlo), pero de pronto su rostro se iluminó. Sonrió, se volvió, cogió la gorra e intentó encasquetársela.

Trisha alzó la mano que su madre había acariciado. Pesaba una tonelada, pero lo logró. Luego abrió los dedos. Los cerró. Los abrió.

—De acuerdo, cariño. De acuerdo, muy bien.

Papá depositó la gorra en su mano, y cuando ella cerró los dedos sobre la visera, los besó. Trisha empezó a llorar en silencio como su madre y su hermano.

—Basta —dijo la enfermera—. Ya está bien. Tendrán que...

Trisha miró a la enfermera y meneó la cabeza.

—¿Qué? —preguntó la enfermera—. ¿Ahora qué? ¡Por el amor de Dios!

Trisha trasladó poco a poco la gorra hasta la mano del gotero. Mientras tanto, miró a su padre, para comprobar que la estaba mirando. Se sentía cansada. No tardaría en dormirse. Pero aún no. Hasta que hubiera dicho lo que quería, no.

Él la observaba con atención. Estupendo.

Extendió la mano derecha sobre su cuerpo, sin apartar los ojos de su padre, la única persona que podía entenderla. Si lo hacía, traduciría.

Trisha dio unos golpecitos sobre la visera de la gorra, y después señaló el techo con el dedo índice de la mano derecha.

La sonrisa que iluminó el rostro de su padre fue lo más dulce y sincero que había visto en su vida. Si había un camino, estaba allí. Trisha cerró los ojos y se deslizó en el sueño.

EPÍLOGO

En primer lugar, me he tomado ciertas libertades con las fechas de la liga de 1998 de los Red Sox (pequeñas, os lo aseguro).

Existe un Tom Gordon verdadero, que es el cerrador de los Boston Red Sox, pero el Gordon de esta historia es ficticio. La impresión que alimentan los forofos sobre gente que ha alcanzado cierto grado de celebridad siempre es ficticia, como mi experiencia personal me ha demostrado. En concreto, el verdadero Gordon y la versión que Trisha hace de él son iguales: ambos señalan al cielo después de un tanto decisivo conseguido con éxito.

En 1998, Tom *Flash* Gordon consiguió 44 tantos decisivos (que en el argot del béisbol se denominan «salvados»), 43 de ellos consecutivos, un récord de la Liga Norteamericana. Sin embargo, la temporada de Gordon llegó a un desafortunado final. Como dice Bork el Dork, tal vez Dios es un fanático de los deportes, pero no de los Red Sox. En el cuarto partido del *playoff* contra los Indians, Gordon falló tres lanzamientos y dos carreras. Los Red Sox perdieron por 2 a 1. Fue el primer tanto decisivo fracasado de Gordon en cinco meses, y acabó con la temporada 1998 de los Red Sox. No empañó, pese a todo, los extraordinarios logros de Gordon. De no ser por esos 44 salvados, es probable que los Red Sox hubieran acabado cuartos de su división, en lugar de ganar 91 partidos y conseguir en 1998 el segundo mejor récord de la Liga Norteamericana. Existe un dicho, con el que la mayoría de cerradores como Tom Gordon tal vez estén de acuerdo: algunos días te comes el oso, y otros días el oso te come a ti.

Las cosas que Trisha come para sobrevivir pueden encontrarse en los bosques del norte de Nueva Inglaterra a finales de la primavera. De no haber sido una niña de ciudad, habría encontrado mayor cantidad de alimentos, más nueces, raíces, incluso espadañas. Mi amigo Joe Floyd me ayudó en esta parte, y fue él quien me dijo que el tipo de helechos comestibles de que se alimenta Trisha crecen hasta principios de julio en los pantanos de las regiones del norte.

Los bosques son reales. Si vais a visitarlos durante vuestras vacaciones, llevaos brújula y buenos planos... y nunca os apartéis del camino.

STEPHEN KING
Longboat Key, Florida
1 de febrero de 1999

ÍNDICE

Título de la edición original: *The Girl Who Loved Tom Gordon*
Traducción del inglés: Eduardo García Murillo,
cedida por Plaza & Janés Editores, S. A.
Diseño: Winfried Bährle
Fotografías de la sobrecubierta: Oscar Lombana y Photonica

Círculo de Lectores, S. A. (Sociedad Unipersonal)
Travessera de Gràcia, 47-49, 08021 Barcelona
www.circulo.es
9 1 0 0 2 8

Licencia editorial para Círculo de Lectores
por cortesía de Plaza & Janés Editores, S. A.

Depósito legal: Na. 25-2001
Fotocomposición: gama, s. l., Barcelona
Impresión y encuadernación: RODESA (Rotativas de Estella, S. A.)
Navarra, 2001. Impreso en España
ISBN 84-226-8611-2
N.º 34165